你會用
英文吵架嗎?

Would you please
shut your big mouth for a moment?

… … …

平松庚三——著　　曾心怡——譯

　　索尼（SONY）公司創辦人之一的井深大先生，在創業之初提出了「打造愉快的理想工廠」這樣的理念。當時正值戰後，日本正要戮力從一片廢墟中重建復興，他高聲倡導「我們愉快的工作，同時為國家的重建盡心力」，這是很了不起的精神，以開朗心情重建因戰爭而完全毀壞的家園，即使困難重重也樂在其中。

　　1973年，努力建造理想工作環境的索尼推出「徵求不怕被捶的突出釘子」、「徵求能以英文一吐為快的日本人」這些廣告，我就是在這樣的機會下進入索尼公司。在那之後的13年，我與井深先生、盛田先生一起到世界各地努力打拼，是我職場生涯中十分充實的一段時期。

　　不久之後，我的內心萌生了一定要成為領導者的夢想。雖然，進入像索尼這樣快速成長的企業，享受肩負重責大任的成就感，固然很好，但是若以棒球隊伍來比擬的話，在公司當中有許多像鈴木一朗或基特這樣超級優秀的選手，競爭實在激烈，難以排入先發陣容。在冷靜的自我評估之後，我做出了一個抉擇。

　　我決定避開和這些優秀的人正面對決，而答應了外資公司的

挖角，跳槽到外商。在外資公司純粹是能力主義至上，很符合我自己的個性，沒多久我就被任命為社長。之後10數年間，我也多次被外商委任為分公司的負責人。

在外資公司，不管如何努力提升日本分公司的收益，還是常被債務追著跑，所以我很重視Operating profit（營業淨利潤），而且會同時著重於整頓利潤表現不佳的部門。

我徹底落實目標管理（Management by Objectives；MBO），在我將Intuit Japan公司改變成彌生股份有限公司，並且當上社長的時候，我第一次想要認真學習日本式的公司經營，而這也是我第一次擔任純日資公司的負責人。我拜託索尼的前上司，舉辦了商法和公司法的讀書會。在擔任活力門（Livedoor）公司的社長後，也匆匆忙忙學了公司治理（Corporate governance）、相關法令（Compliance），我發現自己有很多事情都是從實做中學來的。

可能連英文也是這樣吧？沒有人與生俱來就會說另一種語言，我至今仍然還在苦讀英文。

擔任俄語口譯的父親從我念小學起開始教我英文，但是我在學校的英文成績都只是平平而已。

而後，在讀賣新聞社的外電部門打工上晚班時，得知華盛頓分部的助手職缺還空著，我就編了「我很擅長英文」的謊，因而奪得了前往美國的機會。儘管如願留學，卻無法進入心中第一志願美利堅大學，而是到馬里蘭州立大學接受英文和美國史的課程。雖然日後成功進入了美利堅大學並得到了索尼的工作機會，

但因未通過畢業考試，最後以在倫敦接受暑修為條件才畢了業。

我至今仍在日英雙語環境中工作，在職場與人爭辯之餘，有時也會吵架，而吵架的對象都是美國總公司的人。雖然我曾經取得過多益903分的成績，但是最近有些退步，或許只剩下800分左右的實力，我不能保證我說的英文就一定很完美。

但是，有一點是可以確定的，英文是商業工具、是買賣工具，如果只努力鑽研工具的使用方法，是不行的。多益600分左右就已經很能應付工作所需了，可以和國外的合作夥伴溝通，也可以應付下單或接單的工作。不過，即使被外國人稱讚「Your English is wonderful！」，但產品賣不出去就一點用都沒有。

想要說一口完美無缺的英文，這種心態是不對的，若是犯了錯，哈哈一笑再修正就好了。遇到聽不懂的單字，只要問對方「How do you say...？」（剛剛你說的是？）就好了，不過這麼簡單。

再重申一次重點，只要有多益600分的程度就能應付工作。若是有600分也應付不來的工作，那麼即使有800分、900分的成績也不代表能做得來那項工作。

就算被稱讚英文發音很準確，但在negotiation（交涉）和decision making（做決定）的時候無法用英文說服對方，那麼，英文就無法成為你的商業工具！

有很多年輕人常說學習英文的目的是為了跟外國人做朋友，有這麼明確可見的目標，學習英文也會變得有趣。但是在交友過程中，若要好好了解對方的說法、相互溝通，偶爾也會鬥個嘴

吧！若是完全無法提出自己的主張，就會被輕視。更何況，在國際間的常識來看，若是要和異性交往而不能互相傳達眞心想法，馬上就會分手。日本人雖然擅長體貼他人感受，但在這個時代，吵架已是家常便飯，現代人需要學習的是吵架後如何收尾。或許，「是否能用英文吵架」這一點才是學習英文的要素。

　　這本書回顧了我在商業生涯中以英語思考的方法，以及如何以英語交涉的實例。雖然書名看來有點挑釁的意味，但若讀完這本書，應該就能了解美國與日本在商務場合上的眞正內涵及文化差異吧！以結果論來說，我期待大家在看完本書後，能以較輕鬆的心態來和外國人相處，而這也是讓英文進步的第一步！

　　　　　　　　　　　　　　　　　　平松庚三

Contents

目 次

Chapter 1

專業的吵架藝術　Style of the quarrel

Chapter 2

英文不是技能，而是工具 It's a tool
not a skill

Chapter 3

幽默達人 Masters of
the humor

Chapter 4

用英文做生意 Conducting a business in English

Chapter 5

外商公司資歷論

Foreign-affiliated
carrier theory

Chapter 1

專業
的
吵架藝術

Style of the quarrel

為了守護公司
而認真爭辯的董事會

那一天的董事會變成了我和外籍董事互相爭辯的場合，也是我有生以來血壓飆最高的一場董事會。

長年擔任外資公司的董事長

我從2005年起擔任活力門公司的社長，任職期間約3年。底下員工個個年輕，不僅工作能力超群，企圖心也很強。而我當時將屆60歲，現在想來那是我成長最多的一段時期。在那之前的10數年間，我都是在外資公司擔任「受雇」的社長，這回則是從分公司社長升任為總公司老闆。話雖如此，比起外資時期來說，具有更強的歸屬感，同時，肩上的任務及眼前障礙的難度更是倍增。

在外資企業，完全是以合約為準則。但即使簽了3年的任用合約，若不能立刻做出成績的話，上任1年就被開除也是很有可能的事。經營穩健的公司不會尋求「Turnaround Manager」（企業重整經理人）的協助，都是等到病入膏肓時才投醫，這些企業都會說：「你就一邊努力經營一邊重整公司吧！」在這樣的過程中，是一場跌跌撞撞的血汗戰役。現在回想起來，我一直都是獨力奮戰，

就像荒野中的一匹狼。不過，作爲一家公司的CEO，可不能是一匹狼。

認眞保護公司不變成禿鷹的獵物

我本來對於崛江貴文（活力門的前社長）的工作模式感到很敬佩，卻也同時覺得似乎有些「粗糙」。我們一樣都是追求品質及速度，但是他更加重視速度。原先該達到100%的工作做到95%，當作拿到70分，可算是job done（完成），就會進行下一個步驟。但這樣一來根基就不穩，容易有破綻，但是他會認爲總而言之往前進就對了。

More haste, less speed.

（欲速則不達。）

英文的諺語不也這麼說嗎？我從騎自行車、摩托車和賽車等運動中深深學習這一點。

Speed is directly proportional to risk.

（速度與危險成正比。）

若要加速，同時也必須要具備防範事故於未然的安全知識。

從2006年4月活力門股票被勒令下市後，混亂終於告一段落，我延攬外部的專業顧問到社內舉辦講習，徹底進行企業倫理規範整治及企業管理。我並不想以此作為我上任初期公司嚴重赤字的藉口，但當時我能作的就是不使現行營業情形更退步。

但是，當我致力於穩固公司根基時，卻有一群像鬣狗般聚集在一起的人正以虎視眈眈的眼光注意著公司。本來，活力門有20%的股票是由海外分公司所持有，他們趁著被勒令下市的混亂時期進行蒐購，結果持股比例升高到50%，然後握有主導權的禿鷹基金混進了股東大會和董事會。

避險基金曾經對當時賣掉子公司而內部利益膨脹到1000億日圓的活力門這麼說。

「Are you just sitting on the cash?」
（你們打算就這麼把現金掛在腰間嗎？）

在無立足之地的董事會中奮力抵擋

禿鷹們的目的就是早日把公司生吞活剝、拆吃入腹。但是，若此刻分光了股息，後續就無繼為力，有可能隨時會倒閉，還會被股東代表告上法院，敗訴時還不知道得要支付多少賠償金。

　　即使對禿鷹們費盡唇舌說明這些金錢是要當成公司營運資金，他們還是一副馬耳東風的態度，對公司的重建與新的事業計劃毫不關心。

　　我在2007年3月擔任活力門社長期間，出版了一本書《我擔任活力門社長的理由》。禿鷹們就好像抓到了把柄似的，他們說：

> 「You're leaking company information and making money from it.」
> （你洩漏公司機密以謀取利益。）

　　甚至以此爲理由組成了懲戒委員會，在董事會提出討論，一心要我辭職。

　　其實，我寫那本書的主要目的是要向社會宣告，原本陷入窘境的活力門公司正試著重新站起來。在就任後的首次董事會，我持續站了7個小時，耐心仔細地說明事情處理的情形並且回答疑問，一心一意只想獲得股東的理解。我對著懲戒委員會的成員說：「The purpose of publishing is to recover the trust of the market.」（出版這本書的目的是想恢復公司的誠信。）我當然也說出了我的不滿，「你們沒有翻過這本書吧？你們不熟日文是無法讀懂的。」接著，我發給現場的委員每人一份《讀賣新聞》及其他媒體對這本書所發表的書評英譯內容。

　　在這個所謂懲戒委員會的董事會開始前30分鐘，我被2位外籍

董事叫到會議室裡，被他們逼著下台。「Kozo, Get rid of yourself!...」也就是要我自請處分，他們還說：「你現在下台的話，我們可以保證你會拿到18個月薪水的離職金」。

「What's the hell you are talking about!」
（你到底在說什麼鬼話！）

當然，我嚴拒他們的要求。即使如此，當我一進入董事會場，他們就以「沒有盡全力工作」而責備我，提議要減我20%的薪水。當初為了收拾殘局而被聘來的我這個救火隊也怒了，全力回擊，那天的董事會變成我和外籍董事互相爭辯的場合，那也是我有生以來血壓飆最高的一次董事會。

至今仍不了解禿鷹的本意

我和員工們拼命努力，好不容易有1個月擺脫赤字，卻被這樣壓迫，絕對不能容許他們這樣為所欲為。為了我的名譽，我打算要找律師跟他們奮戰下去。但是，靜下來思考了1週，最終我決定忍痛接受那些條件。這是我人生中唯一一次事過境遷後仍不願和好的吵架，也做了讓我一生後悔的決定。然後，我把這件事告訴所有員工，要他們不能洩漏出去，但卻種下新的醜聞種子。

即便如此，我至今仍有無法明白的事。禿鷹當時已經握有活

力門過半數的股權，可以自由掌控股東大會及董事會，5位董事當中，除了我之外的4人都已經加入禿鷹行列，而董事長是由董事互選，應該可以由他們自由選出喜愛的人選才是。

在這樣的情形下，為什麼不乾脆順著股東的意思趕快讓活力門瓦解，為什麼不在臨時股東大會上合法的解除我職位，還要反覆地用各種方法以言語及行動逼迫我辭職，還要使用這種偷偷摸摸的手段呢？

我與較熟的新聞記者談起此事，他的解讀是：「若開除了您，就會與全日本為敵，所以應該是想要以危害到reputation risk（商務風險）為由來讓您自動辭職吧！」，但我不認同這個說法。

他們是操控金錢的專家，是那種為了錢而不在乎reputation（輿論）與temptation（誘惑）的人。

當初，我從彌生公司跳槽過來，為此還拒絕了對我十分信任的CFO（財務長）的聘僱。在活力門事件爆發後不久的2006年3月，USEN的宇野董事長以個人身分從富士電視台承接了12.5%的股票，持股比重僅次於第一大股東崛江貴文。這件事讓一些對於活力門還抱持期望的人來說，或許是一個好消息，但實際情形與報導稍有出入。想要掌控活力門的USEN與禿鷹沒有太大差別。

禿鷹們好不容易在火線上與CEO和CFO連成一氣，我想他們大概想以虛擬交易來榨乾公司。因此，我把新的CFO候選人益村雄二請來董事會，讓他做一場financial strategy（財務戰略）的簡報。他從前在松下Panasonic公司擔任財務方面的工作，長期派駐新加坡，

所以說英語時帶有濃重的新加坡腔。但是即使有腔調還是能充分溝通，而且最重要的是他言之有物，內容清楚明瞭，沒有人會懷疑他的能力，與USEN派來的那位只有英文流利的三流候選人相較之下，實力差距一目瞭然。

現在回想起來，像這樣反覆的拼命對戰與抵抗之中，我和很了不起的夥伴一同體驗了很棒的經驗。那時候，我們一起努力，攜手克服挑戰，活力門的員工們至今都是我的驕傲。

「即使英文很破，只要言之有物，還是能傳達給對方」

話雖如此，益村雄二的Singlish（新加坡式英文）腔調還是很重，就宛如經配音員配音過的外國影集中聽到的「OK啦！」、「That's good啦！」這種感覺，他都連珠炮似的說得一派自然。

但是，雄二的金融知識十分紮實，即使說著一口有腔調的英文，仍能將訊息確實傳達給禿鷹們，不得不認同他的專業知識。

某次，和各國董事做定期的conference call（電話會議）時，針對內部利潤的部分運用進行了討論。一直反對配息的我也沒有理由反對將部分資金做保守的運用。就在大家熱烈討論國債及商業本票（commercial paper；當企業有資金需求時，於貨幣市場上的一種籌資工具）這些議題時，雄二以新加坡英文說了「How about investing one of your funds?」（投資一些在你們的基金裡，如何？），我也趁勝追擊，笑著和香港的基金說「How about yours, Tim?」（提

姆，就投資一些到你的公司吧！），不知道是誰立刻說了「No, that's too risky!」（那太過危險了！），當下Tokyo、Hong Kong、London、Boston、New York、San Francisco同時都爆笑開來。

禿鷹們幾乎都擁有哈佛大學MBA或律師的資格，說起話來思路清晰，氣勢逼人，跟他們交鋒時都覺得棘手，但偶爾也有像這樣全員爆笑的時刻，這都多虧了雄二的「OK啦！」。

英文只不過是個單純的工具，即使說得並非十分流暢，但足以應付工作所需即可。以上小故事就是支持我主張的佐證。

> 「Any problem?」
> （有什麼問題嗎？）

check!

■ 在外資企業，一切以合約為準則，所以拿出成效最重要。

■ 與整個董事會為敵，每次被強押著執行他們的想法時，我會暗自在心中發誓「Never give up」。

與高姿態的營運長
針對經營方針而爭論

那些小夥子僅僅只因為地位較高就想掌控全局，我抱著會被開除的覺悟與他們激烈爭辯。不知何時他們對我的固定台詞就變成了：「你打算找新工作了嗎？」

在外資企業，只要是合理的，
連主導權都可以放手

　　想在外資企業闖出一番天地，具備足以跟人吵架的英語程度是必須條件，但在該服輸的時候也不能堅持己見。雖然總是點頭回應Yes的話會被看輕，但也不能過於倔強。

　　因為對方是總公司，是股東啊！如果引發爭端的話，隨即會召開臨時股東大會，像我這種領人薪水的分公司社長就會馬上被解任。

　　1998年，我被挖角到American Online（現在的AOL. Inc）擔任日本分公司社長一職。

　　創立於1985年的AOL，在1996年設立AOL Japan時就已是全球最大的網際網路服務供應商，而且還在繼續成長。AOL Japan不是由

AOL單獨出資，而是由三井物產、日本經濟新聞社一起出資的合資企業。而2000年新入股的NTT Docomo發下豪語要成為「第一大股東」。我以為只要AOL還是最大股東，我就能繼續擔任負責人，沒想到AOL總公司對於NTT Docomo的想法認為「也不壞」。一般來說，讓出第一股東位置就等同於讓渡出主導權，所以讓我有點驚訝。

與堅持美國作風的上司勃發齟齬

　　AOL進入日本市場的目的是行銷品牌及提供服務，因此配銷商在哪兒都無所謂，這是總公司的判斷。原來還有這樣的經營方法呀！真是讓我大開眼界。

　　直接跳到結論，Docomo所提的新條件是留下我續任，但我堅持要辭職，而且已經透過獵人頭公司，要轉職到Intuit公司擔任Intuit Japan分公司的社長。

　　而AOL Japan在2001年2月更名為「Docomo AOL」重新再出發，但其後的經營一直沒有起色，2003年Docomo撤資，公司又恢復原來的名稱，2004年7月將經營權讓渡給e-ACCESS公司。

　　其實，在Docomo入股AOL公司之前，社內的第二號人物與第三號人物經常處於對立關係，總是針鋒相對。而那個第三號人物就是我，第二號人物則是一位年約30多歲、在哈佛商學院取得MBA資格的美國人，他也是總公司的財務長。以外資企業的日本分公

司來說，最高權者永遠都是總公司，所以我的定位也就只能位居第三。

但是，在我與這位哈佛MBA先生共事近2年期間，幾乎每件事都會起衝突。原因是，身為財務長的他，連非自己專業領域的行銷及廣告都要干涉。

而且還不是一次、二次的事，每次都一定要插手干涉。在2000年11月，忍耐已超過極限的我直接飛到紐約去向最高層投訴。

雖然連執行長也寄予同情……

原本我和直屬上司的執行長Michael Lynton很意氣相投。Lynton從2004年起擔任索尼旗下最賺錢的索尼影業公司的CEO，2013年起兼任索尼影視娛樂公司的CEO，是個能力出眾的生意人。當時他還擔任AOL歐洲及AOL International的董事長，是一位精通英、法、德及荷蘭語的優秀人才。

我單刀直入地向他投訴，並說：

> 「Who do you choose? Me or Mr. MBA?」
> （你要選擇誰？是我？還是那位MBA先生？）

「You sure are angry. What do you mean?」（你冷靜一點，你在指什麼事呢？）。當他知道我與MBA先生的爭執，相當誠摯地傾聽完

我的話後，他建議我還是應該直接找MBA先生把話說清楚。因此我又從紐約總公司飛到MBA先生所在的華盛頓辦公室。

我把正在開會的MBA先生找出來談了大約2小時，但還是沒辦法彌平我們之間想法的差異，對此我下了這樣一個結論：

「We are like oil and water. we just can't get along well together.」
（我們畢竟就像油和水，是無法順利融合在一起的。）

MBA先生說：

「We are on the same boat. So, your fault is my fault, too. Then, I have to decide all management policies.」
（我們是處於同一艘船上，你的失敗也就是我的失敗。所以我才要決定所有的經營方針。）

想用這些來說動我，但我堅決地搖頭。

「I must decide all strategies and actions for Japan. I look after Japan and you look after the others.」
（我來決定在日本所有戰略及行動，我顧著日本而你去顧其他地方。）

MBA先生得知我堅強的意志後，又一貫的以他位居第二高權的地位來威脅我。

> 「Hey, Kozo. Don't you intend to look for a new job?」
> （庚三啊！你打算找新工作了嗎？）

　　他這話意思就是說，如果我不改變想法的話就要被開除。他以這樣迂迴的方式來逼迫我。我所有的血液都衝向了腦門。我回他一句：

> 「You said that!」
> （這是你說的！）

　　「我現在就去找Tom！」我丟下這句話，隨即就去找隔壁辦公室的人事部長Tom Mathews。實際上Tom是我以前在IDG工作時期的同事，我跟他很熟。

> 「I just goofed.」
> （我搞砸了。）

goof是指失敗了、輸了的意思。米老鼠的夥伴高飛（Goofy）是這個字的形容詞，在義大利語中有「笨拙」的含意。

大家常說我待人處事很有一套，但也是有像這樣一敗塗地的時候。

總之，因為是跟比我階層更高的人激烈交鋒，早就預料到會敗下陣來。更難過的是，Tom在AOL的首件工作就是計算我的離職金。裝作瀟灑的我對感到困惑的Tom說：

Can you make my parachute gold?

所謂的golden parachute是指高額退職金，原意是指為了對抗敵手的收買，對解任的企業經營者付以相當高額退職金之契約。因為跟Tom交情很好，所以對他開個玩笑：「請給我優厚的退職條件喔！」。

昨日的敵手是今日的朋友

這個故事還有後續。

離開AOL的7年後，在我到活力門任職的時期，和當時還是AOL營運長的MBA先生通過好幾次電話，當時想嘗試再度打進日本市場的AOL正準備併購活力門。

MBA先生問我：「Hi buddy, how you've been?」（嗨！好友，過

得好嗎？）我回應道：「Sure, my friend, you are still surviving in AOL. Congratulations.」（嗨！朋友，你還在AOL啊？恭喜喔！）由此開始聊了20、30分鐘。因為已經沒有敵對關係，所以也聊了很多工作及家庭的話題。他說當他看到活力門公司的社長是我時真是嚇了一跳。

　　MBA先生現在是美國大型鐵路公司的營運長，有時還會和我在臉書上分享彼此的家庭照片，說說笑話。現在和他就完全像是朋友一樣。

check!

　■ 腦袋和心靈比證照更重要，哈佛MBA根本沒什麼了不起。不過，當環境變了，人也會跟著改變。

　■ AOL因為內部的雜音很多，之後的業績也一直沒起色。反觀索尼影業因為有能幹的CEO帶領，搖身成了市佔率第一名！

聽到對方說 I am sorry，卻輸了

常言道：真正的高手不輕易出手，平常大智若愚，但對於難以開口
的問題倒是一針見血，毫不客氣，這樣的上司很難對付。而美國就
有這樣的強者。

老練董事長的訓示：「輸即是贏」

在索尼上班時我曾發生過一次令我冷汗直流的交涉經驗，當
下讓我體會到了「Cold War」（冷戰）的感覺！雖然對方沉穩自
持，完全不激動，但已把我壓制到走投無路的境地。

1980年代，索尼推出了MSX（HiT BiT）這款電腦，基本上是搭
配Microsoft Basic，但是以電視取代螢幕，與其說是PC倒不如說應該
稱為HC（Home Computer）的8-bit遊戲機。在日本、歐洲及亞洲賣
得普普通通，但當初打算經由美國索尼也在美洲銷售。

當時美國市場已經在迎接PC的黎明期，好幾家企業都在進行
激烈的銷售戰，而我們卻要把稱不上是最強的MSX推到那樣嚴峻
的環境中銷售。當時，我出席了美國索尼的Project Line Up會議進行
商品簡報，目的是決定銷售目標數量及FOB價格（Free on Board：離

岸價格，賣方在商品裝載到船舶、貨車或飛機等運輸工具時，商品所有權即轉移給買方，以此為條件而訂定價格）。

會議出席者包括董事長Neil Vander Dussen及負責行銷的各位長官們。MSX是美國索尼首次銷售的民生用電腦，但在當地市場的競爭中，性能方面已經輸了一截。

然而，價格卻高了2成。我在事前的市場調查中就找不到MSX的優勢，所以在簡報時也無處施力。在簡報之後還有關於規格、生產台數及今後的商品計畫等等的問答，最後，Neil緩緩開口說：

「Kozo, I am very sorry, but I think that I am getting too old to understand computers. Can you tell me once again?」

（庚三，真是對不起，我年紀大不懂電腦，你可不可以再說一次？）

那一瞬間，我冷汗直流。

在會議中爭執不休無法結束，
自始至終都要冷靜處理

> 「Are you saying your product's performance is lower than the competitions but the price is higher? Do I understand you right?」
>
> （你剛才是說，你的產品性能比對手稍差，而價格較高，我這樣理解對嗎？）

　　實際上就是這樣。但有必要對自家產品這樣挑明缺陷嗎？被壓制了氣勢的我還強硬地說：「的確在性能上是稍微遜色，且價格稍高，但以索尼的品牌來說應該能賣得出去」。

　　但他再度感嘆的說：

> 「I am very sorry to ask you again. I am sure wise men like you know that our dealers do not have any experience selling computers. How do you educate and motivate them to sell this God damn machine which is not powerful but expensive?」
>
> （很抱歉，一直反覆追問。像你這麼聰明的人應該知道我們的經銷商沒有販賣電腦的經驗，你要如何教育並且激勵他們去賣這一台性能較差又貴的笨機器？）

　　經驗老道且狡猾的Neil放低姿態，以「你比較會說」這種貌似是在捧我的戰術來詰問我，對於只賣過電視和音響的經銷商來說，要賣出一台「God damn machine」是近乎不可能的任務吧？他的態度溫吞有禮，但卻使用了「God damn」這句髒話，讓後方座位的

人都偷笑起來。我僵著一張臉倔強回應道：「經銷商的教育由我們來負責，索尼推出電腦就一定賣得出去」，但是那位荷蘭裔的老練董事長至此還是這麼說：

「I don't think so. Am I too old?」
（我並不這樣認為，難道是我年紀大了？）

大智若愚才是高手

結果，我並沒有說：

「Yes, you are too old!!」
（是的，你是老了。）

而是陷入沉默。美國人比起英國人來說並不常使用禮貌性用語，而是用微妙且讓人害怕的說法，真的很討厭。我被攻擊得搖搖晃晃之際，對於竟然有這種恐嚇方法而感到驚奇與佩服。之後，我看到田原總一朗先生主持的節目「清晨的電視現場」，也有同樣的感覺。

我和田原先生私下也有往來，他同樣畢業於早稻田大學，可說是我的大學長。打從相識，他就稱我為「平松老弟」，把我當

成學弟看待。從早稻田中途輟學，跑到美國念大學的我，和田原先生的背景有些相似，所以才會意氣相投，但我總是學不來他的那份精明、老練。

在「清晨的電視現場」節目中，若討論的議題陷入僵局，田原先生就會突如其來的丟給來賓一個原則性但卻難以回應的問題。其實田原先生心裡有數，觀眾由此可以看出來賓不夠用心。若對方勉強擠出「這正是重要的地方」這種敷衍的話語，田原先生則會以「我的頭腦不夠好，請好好說明」等來逼問對方。

這作法與Neil很相近，而且說來十分泰然自若，臉上不帶任何表情。真應證了英文諺語「Still waters run deep」（寧靜的河川更深沉）。我也偶爾會使出這招來壓制對方。「我已經老了。你比我年輕，腦筋一定比較靈活吧？」

Neil在美國的電機公司RCA工作了24年後，於1981年進入索尼公司擔任放送機器部門的最高主管，而從1985年直到退休的1991年期間擔任美國索尼的董事長兼COO，當時正是索尼以Handycam（手持錄放影機）和8釐米錄影帶表現活躍的時期。

在這樣經驗老道的人看來，MSX實在是靠不住的玩具吧！而且Neil畢業於堪薩斯州立大學電子工程系，之後也一邊工作一邊取得了麻州工科大學的MBA，能力相當優異。很可惜，他在2001年6月因腦動脈瘤而過世，享年69歲。

至今過了30年，我仍不時會對對方說：

「I am sorry but...」
（雖然很抱歉，但是……）

或是

「I am not smart enough, but...」
（我不夠聰明，但是……）

像個臭老頭一樣緊咬著對方不放，這都是學自Neil的指導。

check!

- 想要讓對方接納你的意見時，有時得要表現得愚笨一點。對於窮追不捨的追問，要以謙虛態度敏銳的回應。
- 要放低姿態來抬高對方。但在確實刺中對方弱點時，就會形勢逆轉。
- 在極為禮貌的發問中稍微夾雜course word（罵人的話），會讓對方感到寒毛直豎。

避免
情緒化的爭執

反對捕鯨的抗議聲浪朝著象徵「Rising sun」的索尼而來，在這樣的情勢下被問到「個人看法」，一不小心說出真話就會被抓住語病作文章。

被邀請到索尼展示館的客人

1962年10月，索尼在紐約第五大道設立了展示館，據說開幕當時盛況驚人，甚至1天湧進數千人，那也是象徵索尼成功進入美國市場的一個地標。

我在擔任美國索尼的PR經理時期，曾經有反對日本捕鯨的抗議群眾湧向展示館，有名的綠色和平組織也是從反對捕鯨運動開始展開活動的，那時剛好是70年代後期。

原本，索尼和鯨魚是一點關係也沒有，但是在美國突然爆紅的索尼與同樣在第五大道設據點的日航JAL都成爲了抗議的目標。記者蜂擁而至，問了很多問題，他們就像是抗議群眾的同夥，不斷地用責難語氣追究日本捕鯨的罪過。

> 「Whaling is painful, bloody massacre. Don't you think so?」
> （捕鯨是痛苦、血淋淋的屠殺，你不這樣認為嗎？）

一直不斷的逼問，而且還問個人看法。

> 「I want to ask you your personal views on...」
> （關於這個問題，想請問您個人的看法。）

保護動物運動者滿口矛盾的藉口

這問題太詭異了吧，既然我是索尼的發言人當然只能談公司的官方意見，絕對不會在此時提出個人看法，但是我不自覺地著了這傢伙引誘式問話的道。

> 「You don't eat beef? Of course, beef cattle are not endangered species, but you don't have to kill them.」
> （你不吃牛肉的嗎？當然，肉牛不是瀕臨絕種的動物，但是你也沒有必要殺它吧？）

就這樣你說一言我回一句，糾纏在歐美過度偏執的動物保護（zoophilist）和純素食主義（vegan）的矛盾之中。他們大啖家畜的

肉，卻反對在合法範圍內的狩獵。素食主義也是同樣受惠於大自然的恩惠，卻不吃營養滿分的蜂蜜和乳製品。

在當時那樣的氛圍之下，連到了酒吧看到日本人，都要繞著捕鯨問題質問日本人，大談一些沒有深思熟慮的看法。鯨魚肉在日本還加工成寵物食品銷售到美國，讓美國的狗兒食用。若是戳到這一點，向對方說「How about feeding your dog to a whale?」（把你的狗餵給鯨魚吃，如何？），就會被惡狠狠地瞪。雖然之前和記者一來一往說了很多無意義的議論，但還好沒有被登在報紙上。

若是在紐約時報上刊登出「Sony says, feed your dog to whales！（索尼說，把你的狗丟去餵鯨魚）」，我的索尼生涯也就結束了吧！

日本拜美國捕鯨之賜而成為現代國家

外國人也應該常常受到類似的語言攻擊才是，雖然我也明白要避開情緒性的話語，但若對方是美國人的話，我就忍不住想對他們說：

> 「Thanks for your whaling. We can open our country to the world.」
> （拜你們捕鯨所賜，日本才能開國。）

這段歷史不必多談，大家都知道日本之所以打開國門就是美國的培里要求日本成為美國捕鯨船的補給基地而開始的。當時美

國不但捕鯨，甚至只搾鯨魚油來用而丟棄鯨魚肉！當近海的鯨魚都被捕完了，就特地跑到亞洲這邊來捕獵，所以身為日本人有權利對美國人說上述諷刺的話。不過，我想這份權利還是不要使用比較好。

這樣紛紛擾擾了40年，索尼在2014年2月宣布，在美國31個都市設點的sony store（展示館）將關閉2/3。裁撤掉沒有展示新產品的展示館，雖是理所當然的事，但總讓人感到一抹寂寞。當時記者那樣的攻擊著索尼，也是因為當時的索尼就是有那麼大的聲勢啊！

check!

■ 面對任何事情都要理性，不要陷於情緒化。但是，任對方一味的以語言攻擊就形同認輸，有時也允許超越立場，以個人看法來抗辯吧！不過，還是少做為妙。

■ 日本人最容易被責備的話題是捕鯨和海豚，要準備好一套說詞來應對。

Chapter 2

英文不是技能，
而是工具

It's a tool not a skill.

在精通英文之前，
先磨練工作能力

以英文交涉與以日文交涉的不同點，可以從吵架這件事當中看出來。當然，導致爭端的過程與情緒也不盡相同。本章的重點在於理解這些差異，同時也以我個人的角度，向肩負國家未來的年輕上班族們，傳遞出在職場環境中學習英語的意義。

單純的疑問：為什麼一定要學會英文

在20世紀末邁入21世紀之際，全球化的浪潮席捲而來，IT技術日新月異，商業環境發生了劇烈變化。我在進入索尼公司負責PC業務後才開始接觸這個領域，但也是因為我對於這段變動期深感好奇而踏入IT業界，進而有幸在相關企業擔任日本分公司的總負責人。

而後，我親身體驗到了外資企業的殘酷生態。雖然不能說這呈現出美國社會的全貌，但也可說是美國的縮影吧。為了在公司中存活，必須經常學習新的技術及知識，讓自己對公司來說是一個必要的人物，要把自己當成商品，不斷更新升級。

當然，英語能力是不可或缺的。不只要能說一口文法正確的

英文，還要與時俱進的學習最新的technical term（術語），而且說話時要有自然的節奏。老實說，在工作生涯當中也曾有過相當艱難的任務，所幸我的屬下能力都比我更優秀，有他們的協助，才得以走到今天。

現代商場上，不只是PC及智慧型手機，有太多太多要學會靈活運用的工具。而技能這個名詞也被過度濫用。在過去的職場上，比如說一位打字員只要單純處理文書作業，但像這樣只負責固定業務範圍的職員，現在早已不復存。時至今日，一個職員必須要具備多樣化的能力，負責各種工作。

首先，要有銷售及交涉時所不可或缺的溝通力，接著還有研究時需要的讀寫能力、整理資訊並做出推論的行銷力、訂立企劃時須發揮的計畫策略力、從製作資料到實際簡報所必備的統整力、主導一個專案的領導力及執行力、處理無法預測之事故的應變力等等，甚至是財務及法務的相關基本知識，以及能夠操控以上所有能力的英語程度。

話雖如此，我從來都不認為英文是一項技能。首先，英文是一種語言，不限於在英語系國家，是與世界各國人士交流的一種溝通工具。

如果是在自己國家內就能處理完的生意，例如在本國銷售國產豆腐，是無須用到英文的，此時若使用英文反而很麻煩。若硬要這樣的職人去學習英文也未免太過分。但是，若豆腐經過網路販售而大受好評，連美國人都被吸引過來的話，此時一定會想要

用英文直接與美國客戶交涉。雖然請口譯居中溝通也可以，但是較詳細的產品製作方法及管理等內容，口譯人員到底能傳達多少呢？此時一般人大概都會想要提升英文能力吧！

像這樣以「做中學」的方式學習英文，在商場有好幾位前輩都是榜樣，應證了諺語「Necessary is the mother of invention」（需要為發明之母），其中的代表人物是索尼創辦人盛田昭夫。盛田先生的厲害之處在於會隨時代而精進英文，所以才能在錄影帶格式戰中獲勝，還想出了將隨身聽命名為Walkman這樣的妙點子。更重要的是，他在面對後起之秀時的姿態相當柔軟，所以才能受到比爾蓋茲及賈伯斯這些IT革命先鋒的尊敬。

像盛田先生這樣，讓自己切實感受到學習英文的必要性，比起像無頭蒼蠅般的聽一堆不到位的課程來得更加有效。以我為例，從前就夢想著能到國外工作而到《讀賣新聞》打工，在就讀大學期間，謊稱自己英文很好而應徵華盛頓分部的職缺，一切都是從那時開始的。

不斷改變演進的國際英文

我很幸運得以實現留學夢想。當然，進入社會之後也還會有機會去國外進修，但若是因為以公司經費去到國外學習，通常就得被綁在那家公司離不開。所花費的留學費用必須要工作個幾年來償還，所以也不能隨便更換工作。何況，就算取得哈佛大學和

史丹佛大學的MBA也無法提升工作技能。

當時，日本與經濟顯著發展的金磚五國（巴西、俄羅斯、印度、中國、南非）及泰國、馬來西亞等新興國家的交易越來越擴大，一些底子堅實的企業也開始將生產據點移到這些國家，進而形成產業結構的重組，現在可說是到國外一邊工作一邊學英文的好時機。

派任到歐美國家的難度較高，相較之下，到發展中的新興國家的派遣機會較易達成，而不管在哪裡當主管都需要會講英文，在當地開會也是用英文，這樣一來既可以工作領薪水又能學到英文。反過來說，就算自己沒這麼打算，但飛往這些國家工作的機率已經比過去提高許多。雖然對方的英文比自己還破，但那也是英文，又不是要在倫敦皇家國立劇場演出莎士比亞的劇作。在商場上與其要求說一口優美的英文，倒不如能確實傳達意思才是勝負關鍵。

美國是文化大熔爐，有來自世界各地的移民，現在還聚集了各國優秀商務人才。所以，不僅有西班牙式英文，還有印度式、韓國式及中國式英文，若聽不懂，那什麼事都談不成了。隨著英文被視為國際語言的同時，也慢慢的變質了。全世界有多少個國家就有多少種英文，日式英文一點都不卑微。

日本人常常被指說無法區分L和R的發音，但是假設是談到rice（米）和lice（蝨子），若原本是在談食物的話題，也不會有人把日本人說的rice聽成蝨子。比如像是將animation（動畫）簡稱為

「anime」的日式英文不也成了很棒的國際語言嗎？

不僅是針對英語系國家，在與世界各國的人以英文打交道時，若不先了解該國最基本的文化就很容易犯錯。就連在日本國內，也很容易因為各自成長背景的人生信念不同而起爭執。更不用說在國外要格外注意了，像是勸說穆斯林或猶太教的人吃豬肉，或是在虔誠天主教徒較多的國家大談墮胎節育等等，不需要引來無謂的衝突。反過來說，尊重對方國家的宗教及文化，可以避免紛爭，也可以讓事業更順利。

我在華盛頓留學的第一年，總是被來自其他國家的同學問到有關日本的許多問題，當時我總是以「In Japan, we...」（在日本，我們……）為前提來說明。可明顯看出他們試著想了解其他國家的文化。當時我心想，光只是學好英文是不行的呀。不管是用母語也好、用英文也好，都要有自己一套主張才行。

check!

- 身為一個上班族，在磨練英文之前還有很多應該要學會的技能。思考一下自己需要哪些技能？
- 未來或許非得用英文工作不可，但那天真的來臨時總是會有辦法應付的。在那之前先把自己的工作技能磨練好。

你會用母語
表達自己嗎？

如果你只是一心想精進英文，這樣是進步不了的。一個非英語系國家的人，英文能力不可能超乎母語的語文程度。

別把英文能力的提升當成是實現自我

那麼，該如何擁有自己的主張呢？

就像我每天早上要做的25分鐘伸展操一樣，英文要持續訓練才能保有這項技能，也要保有動力。這份動力就是可以確實表達自己或自己的國家，更進一步就是行銷自己！因此必須要更加磨練母語表達能力，然後英文程度也跟上母語。

許多上班族都曾到國外出差，若長期派駐國外，公司也允許家人同行，所以近年來增加了許多從海外返國的孩子，比如像很多新聞女主播都具備優秀的雙語能力。但是大部分的人幾乎都是「後來」才學英文，應該是因為從小到大在學校所學的內容並不足以應用，所以之後才會去上英文補習班，為了TOEIC努力用功。

不過，這些人往往都將學習英文本身當成了目的。原本應該先自問，學了英文要用來做什麼？許多人卻將通過高級英檢、

TOEIC及TOEFL拿到高分視爲「成功」。我發現，抱持著學英文以外的目的去留學進修，或是自己主動參加國際義工活動的人，不僅在一般能力上較優異，而且學到的英文程度更深厚。

若無法找到活用英文的目標，學習英文就只不過是一種無謂的行爲。比如像是想到歐美國家的大學研究所取得MBA學位，或是有助於在公司出人頭地……若是沒有訂下一個實際的目標，那就跟企業在功成名就後裝模作樣的空談企業理念一樣，只不過是畫大餅而已。

最近常常聽到年輕人陷於「尋找自我」的迷思，大學畢業後工作個幾年就辭職，在打工空檔去旅行，或是到鄉間生活，拖到一大把年紀依然過著這樣的生活。那倒也無妨，但若把提升英文能力當成自我追尋的主題就很詭異了。

所謂的「自我」本就無法外求，應該是在努力生存的過程中無意間發現的。我在第一次轉職到美國運通公司時，深深感受到這一點，原有的人生觀整個改變。在那之前，我標榜美式的民主主義，相信平等和公平才是正道，後來才明白，那終究只是表面，這個世界的通則是殘酷的實力主義。

在美國運通公司時，公司裡的氣氛是「自己的工作自己負責」，做不到的傢伙就只能被淘汰。公司會舉辦內部研習會，而參加研習的16名成員都是精挑細選自世界各國分公司，齊聚於墨西哥阿卡普爾科的希爾頓飯店。在研習會開始前，會先以FedEx送來作業，之後爲期8天，每天12小時由耶魯大學及布朗大學的老師們

傳授管理及企業教練學（corporate coaching），學員之間只有在休息時間才有一點輕鬆的氣氛。連用餐時間都成了討論的場合，無法好好地放鬆吃飯。

在研習的一開始，會讓每個人各用5分鐘的時間做自我介紹，這時候就可以看到每個人如何促銷自己了。有能力的人慢慢顯現出來，而且能力更加獲得發揮，這樣一來「opportunity」也會不斷找上門來。沒有人會放過這樣的機會，因此不要猶豫，要立刻伸出手來緊緊抓住機會。

「Market Yourself」的重要性

我在演講的時候也常常提到「Market Youself」，要認知到你自己就是商品，重要的是要提高商品價值。所以，除了英文之外，其他方面也要多多磨練才行，必須思考如何才能提高商品的價值，這是在提升英文能力之前的課題。我想說的是，不要等到公司下了指令才做，要提升自己的「Product Value」，同時也一併學好英文。

這跟用母語表達自己的想法一樣，總要有可以和人聊一聊的興趣。

「我樣樣都不落人後，是個興趣多元的人，對於自行車、摩托車及汽車的駕駛技術堪稱職業車手等級，說到棒球也是專家。我還收集了鑄造的迷你車和HO軌距的鐵道模型，不僅會開蒸汽火

車和電車，連小型飛機也會操控。我還向維珍銀河公司報名了太空旅行呢！」

在美國企業中常常可以看到這樣充分享受人生的人，很少有人只爲了工作而活，大家都明白，人會因興趣及生活型態而更加寬廣，而這份寬度與深度也將回饋於工作之中。

那麼，如果你想換工作並且獲得外資企業的錄取通知，該怎麼辦呢？

首先，要思考是否眞的想辭掉目前的工作？是否眞心想改變自己？換到外資企業工作的話，通常會比現在的薪水提高大約25～35%。

在日本有480萬家公司，但實際上有80%的公司都是赤字的。在IPO泡沫時期，我也認識不少明明沒有實力而被證券公司煽動後創業，結果失敗了連夜落跑的人，還有因經營不善就背叛股東的人。世上的事物本來就難以在自己掌控之中。一旦自己參與經營，就得用心分辨眼前這個專案是可管控的opportunity（機會）？還是難以避免的risk（風險）？必須要明快地訂定出priority（優先順序），像這樣的困難局面會常常出現。

人生也是如此。倘若眼光不夠精準，有可能會錯失好機會，或誤以爲是opportunity而努力伸手抓取，卻墜落懸崖。

我在接受採訪時常常被問到：抓住機會的祕訣是什麼？我的答案是：不能夠只想著要提升薪水就好。如果有人來挖角，首先該思考的是，這是不是能夠幫助自己實現夢想的「正面工作」。

說到夢想，不是那種不切實際的夢想，而是在自己可達成範圍內的具體夢想及人生計畫。

重點在於，是否能客觀的評估自己。大部分的人都會透過訂定目標、立定戰略、規劃方案、實際執行、評估結果這樣一個流程來進行工作，這樣的流程應用在自己的夢想及人生也是很重要的。我一直都會審視自己人生計畫的進度，「這部分的進度慢了」、「這件事想得太天真了」等等，至今即使已過了60歲，依然保持這個習慣。偶爾還會因為發現自己不足的地方而驚訝得說不出話來。

團隊作戰才是為商之道

我在90年代初次接觸到網際網路，看著SoftBank的孫正義先生、樂天的三木谷浩史先生、CyberAgent的藤田晉先生等等比我小了10歲、20歲的人有非常活躍的表現。而在認識了孫正義先生後，我的夢想就從當外資分公司社長變成了「entrepreneur」（創業家）。

後來，我在活力門事件終於平息下來之後，自行獨立創業，創立了「小僧com顧問公司」。客戶從IT企業到新創公司都有，甚至遠至群馬縣的Minakami町，來源很寬廣。我接受諮詢案件的基準並不是那案件能讓我賺多少，而是我可以從中獲得多少樂趣。

當我擔任活力門公司的社長時已經是60歲了，還請小我10～20

歲的部屬教我新的管理技巧，重新體驗到整合團隊的樂趣，也更加提升自我的價值。實際上，我覺得過了60歲之後的成長最多。我跟兒子共同經營小僧com顧問公司，我也從他那裡學來網路行銷的技巧，畢竟為了讓他到美國留學，我在費用上已經做了很大的 investment in advance（事前投資），不回收怎麼行呢。

　　而現在，我改建位於群馬縣Minakami町的元庄屋舊民宅、打造月夜野小僧村，一邊繼續做地方政府的顧問，一邊開始真正從事農業。在整地翻土時可以完全心無旁騖，也從培育作物的困難當中學到很多東西。因此我跟市公所提議設立新農業法人協會，還設立了基金。我認為，若可以幫助一些對農業有創業想法的年輕人在這方面經營成功的話，那麼這世界應該會變得更有趣。實際上，與其說是為了子孫的未來，倒不如說我是希望自己的未來更有樂趣。

　　這樣滿腔熱血的我，放眼這世間實在感到有些不滿，原因就在於年輕人普遍缺乏活力。大概是從小到大都沒有與人爭執的經歷吧。如果不展現出本身的意見與欲求，只會不斷累積壓力，而容易造成爆炸性後果。

　　有建設性的吵架其實是好事，如果不了解這一點，就無法跟對手站在同一個戰場上。雖然，要勸那些平時用母語都不吵架的人用英文吵架，有點不合理，但基本上英文比日文單純，且表達意思時比較明確，用有這樣特性的語言來練習堅定傳達自己想法，一定比使用日文來傳達自己想法更加有效，不是嗎？這也是

我創作本書的基本概念。

check!

■ 你能說明自己與其他懂英文者之間的不同點嗎？

■ 你的人生中有希望達成的目標嗎？為了達成那個目標需要用到英文嗎？

親信也會
變敵人

> 這是依總公司指示在海外分公司遠端操作的悲哀。總公司看不到位在大海另一端的美國分公司的難處，忍不住因煩躁而怒吼……

常吵架是因為看不出對方的本意

我在索尼工作時長期派駐在國外，因為是從事宣傳行銷工作，所以不管有任何情況，對外都得要面帶微笑的因應。笑臉迎人本來就是我的工作，嚴禁與人吵架。但是，我和日本總公司的負責窗口卻常常爭吵。

國外分公司一定會有一些不可避免的狀況，不管是哪家公司，總公司和外派單位之間都會發生不合的情形。最早以前是用電報溝通，之後是用FAX，而現在則用e-mail。外派人員一定都曾經對總公司說過這句話，而且只有這句一定用英文：

「Come over, and you do it ！」
（你自己過來這邊做看看啊！）

這一點從以前到現在都沒改變，未來大概也是一樣吧！

對正在讀本書的您來說，這種焦躁憤怒的情緒，是不是在無法順利以英文表達時達到最高點呢？這時候就坦白地直說吧！

> 「It is so frustrating not to be able to express myself well in English.」
> （無法順利用英文表達自己的想法，真是讓我沮喪。）

> 「I can't communicate with you well in English, and it's so frustrating.」
> （沒辦法用英文和你好好溝通，真是讓人沮喪。）

從感到沮喪這一點開始想讓英文更加進步，只要能表達這樣的意思就可以了。「I will try my best to speak English better.」要像這樣一步步說出自己的意思。

對自己更坦誠！這是讓諸事順暢的祕訣

聽到這樣真摯的話語，相信以英語作為母語的人都會想要助你一臂之力，他們會豎起耳朵來聽你說，並且放慢語速，用更清楚的發音來回應你。

在日本教育體制下學習英文的人往往都有無法坦誠的傾向，這是因為以往在學校的英文好成績帶來的自傲而形成了阻礙。

如果能夠消除這樣的焦躁憤怒，會更加提高成就感。反過來說，若失去了成就感則會更加消沉。重要的是，當你聽不懂對方的英文時，就要坦誠地說「我聽不懂」，假裝了解是絕對NG的。

> 「Give me a more challenging job to do！」
> （給我更有挑戰性的事吧！）

與其在意報酬與地位高低，我更注重是否有挑戰性。不可思議的是，當我辭去索尼的工作之後，在地位與金錢上都有了回報。

索尼公司就如同創辦人井深大先生所寫下的「創辦目的」一樣，是一個自由、寬闊、讓人工作起來很舒服的公司。但是，後來卻慢慢地失去原來那種氣氛，連我喜歡的工作也被迫終止——那就是MSX機型、8bit電腦。雖然和今日的電腦比起來宛如玩具一般，但是該機型採用微軟公司所開發的統一規格，在1983年秋天由14家家電大廠同時發表，真的是劃時代的商品。

為銷售 MSX 竭盡心血，卻帶來巨大轉機

我當時隸屬於MIPS（資訊傳播機器系統）事業本部，負責MSX，當時的部長就是後來成為索尼公司社長的出井伸之先生。在與當時的微軟東亞區副董事長，也就是ASCII公司董事長西和彥

先生在涉谷喝酒時，聽到了有關MSX的消息，我立刻向出井先生報告，因而被任命爲該商品事業的負責人。

當時之所以會和急速成長的ASCII公司董事長，也是當時紅人的西先生吃飯，是因爲我在索尼美國分公司時期的同事井上基先生在學生時代受過西先生的照顧，經井上先生介紹，我們兩人才熟識的。

井上先生後來辭去索尼的工作，轉到HP公司去，當時西先生還突然拜訪了井上工作的加州工廠。

當時西先生英文還不甚流利，但聽說一碰見工廠警衛就拼命表達「I want to see a computer factory」（我想參觀工廠）。

當時井上被叫來當口譯，帶著西先生參觀工廠，後來還讓西先生住在自己家裡。因爲有這樣的一段淵源，兩人之後便一直保持往來。

西先生跟工廠警衛表達心意時，一定也抱持著悔恨自己英文不夠好的焦慮心情吧！但是井上帶著他去參觀電腦工廠應該給了他刺激，認爲找到值得投注心力的事，也大大激起他的鬥志。而井上在一旁看著充滿鬥志的西先生，也深深被這樣的人吸引了。

若翻開字典，「值得投注心力的事」在英文是「worthwhile」或「worth doing」，但總而言之就是「challenging」。

> 「Please give me a more challenging job to do.」
> （請給我值得挑戰的工作）

　　這樣的主動性會將人引導到更加充實的人生。

　　但是，那時純粹只有遊戲功能的任天堂家庭用遊戲機聲勢如日中天，MSX還不成氣候，事業完全無法上軌道，部門也不得不解散，這對投注許多心血於這項工作的我來說，確實有很大的失落感。

check!

- ■ 若聽不懂對方的英文，就一定要坦誠「我聽不懂」，嚴禁不懂裝懂！
- ■ 年輕時就要了解人外有人，在商場上，別人一眼就能看出你有多少料、累積了多少經驗。

讚美最重要，
說英文時也一樣

讀書時，對英文很不拿手。所以我的英文全都是透過身體力行而學來的。在連續幾次 Nice try 後，就會稍微變得 brilliant。

為什麼無法記住學校所教的英文

其實，在國中學習英文之前，父親就教過我英文了。我父親畢業於東京外語大學的俄羅斯語系，在漁業公司擔任口譯，從小就以外語流利作為教育方針。小時候家裡還有黑板，父親會教我和弟弟算數。

父親的英文教法是極度實踐主義，跳過字母的學習，直接從問候句型開始，而且還不是先學「How are you？」，而是「How've you been？」。「How are you？」的問候語，現在有點outdated（退流行）了，但實際上當時學校都是教這一類的片語。

「How have you been（doing）？」是現在完成式，比如說是在問候對方從最後一次碰面到現在「過得如何？」、「一切還好嗎？」對於這樣的問候，可以回答：

> 「Yeah, I'm OK！」

或是

> 「I've been great.」

這樣的句子，才是現實生活的英文。

所以，當我上了國中後十分吃驚。什麼文法？我完全不懂。雖然可以好好的用英文跟老師打招呼，獲得老師的讚賞，但是國中、高中時期的英文成績都不好。當時我一心認為用功讀英文只不過是為了拿高分的死讀書法，也很討厭ESS（English Speaking Society 或English Studying Society）等社團。

不管是英文或母語，填鴨式教法都是不好的。如果常去公園看孩子們打球，總是會看到教練發脾氣的畫面。但是，美國基本上就是多多讚美，揮棒落空時也會稱讚「Nice try！」，我認為這樣才能培育出個性。

山本五十六曾說：「做給他看，說給他聽，讓他試試看，再稱讚他的話，就可以讓人真正動起來」，多稱讚英文不好的人也會讓他的英文有所進步。

英文之中的稱讚語，像是「Good job！」或「Well done！」，

既單純又明快，意思是「做得好！」、「幹得不錯！」、「真有一套！」、「有你的」、「了不起！」、「很棒！」等等。而在英文中最高等級的讚美就是「Great！」、「Brilliant！」了吧！如果再加上「真是好到難以置信」，就是「Amazing！」、「Fantastic！」、「Superb！」。

最近在Youtube等影音網站上的留言中常常看到年輕人會用「Awesome！」，這個詞本來是指「讓人敬畏」，不知不覺就被當成帶有「厲害！」、「太棒了！」、「了不起」語感的感嘆詞。聽說這個詞原本是美國西部的俗語。

美國公司以稱讚為原則，有時也讓人困擾

「Good job！」和「Nice work！」中的「job」和「work」並不需要一一翻成「工作」或「作業」，總之就是「做得好！」，如果再加強效果的話就是「Excellent work！」、「Perfect job！」。反過來說，若說「It is not going to work！」等，就代表「進行得不順」。

「Nice try！」翻成「做得好」應該也沒錯，這句話當中還帶點「可惜」、「扼腕」、「就差一點點」的感覺。若以剛剛提到的球賽來說，常常會聽到觀眾說「Almost！」、「That's close！」，大概就是「明明球的路線很好，卻……」有種可惜的感覺。為人打氣時常會說「你一定沒問題的」，就是「You can do it！」。

當然，職業選手一定抱著多多少少會遭受嚴格批判的覺悟。

大家都知道洋基球場的外野觀眾很粗暴，在球迷之間也很有名。若太激動時，還會被警察趕出球場。

雖然本書主旨是要能「用英文吵架」，但也極力避免使用太負面的語言。不過，有時候因為看法不同，也可能會導致必須決裂的情形，在此就先教大家面對這種情形時的台詞吧！

> 「Good luck on/with that！」

這句話可以隨語調的不同而表現出不同的涵義，有「多加油吧！」的意思，但若帶有惡意時就會變成：

> 「You can do your best, but it won't get you anywhere！」
> （就算你拼命努力也不會有耀眼的成果，白忙啦你！）

順帶一提，日本人在一天工作結束後常會說「今天辛苦了」，但在英文中並沒有類似的表達用語。上司會跟部屬說「Good job！」、「Well done！」，但那也得要真的作出成果來才會這麼說。真的要慰勞部屬說「累了吧？」，應該就是說「You must be tired」。日文中的「辛苦了」，幾乎已經成為問候「還好嗎？」或是一般問候語。

以前在學校很少人稱讚我的英文好，我也常聽美國流行音樂，看很多美國電影，這些都沒有成為激勵我加強英文的動機。

但是，日本在世界大戰之後走上復興的大道，我的視野與世界都因而擴展開來，也因此得到很多可以鍛練英文的機會。

check!

■ 即便是斥責的含意也會用「nice」這個字，這是屬於英語系國家的人的體貼之心。若得到讚賞，的確可以使人成長。

■ 當你能夠揶揄對方徒勞無功，代表自己在工作上游刃有餘。至少要能做到這種程度。

學習英文時，
最好有個精神導師

若是碰上會說靈活英文的人，就直接偷取他學習的訣竅吧！
對英文越拿手，就越容易生存。對於英文，要像看待愛情一樣，越
貪越好。

生涯導師也教我英文

　　我之所以好不容易能夠走到今天，是受到諸多前輩的教導所
賜，像是之前提到的盛田昭夫先生。但其中對我影響最大的人，
是讓我像兄長般崇拜的高濱贊先生。高濱先生是《讀賣新聞》華
盛頓分部所採用的第一批助理，他在加州大學柏克萊分校研讀新
聞學之後，到《讀賣新聞》的紐約及華盛頓分部實習，因而被渡
邊恒雄先生挖角到總公司政治部，專門跑官邸新聞線，之後也曾
任華盛頓分局長等職務，是一位有著堅實底子的國際記者。現
在，他在位於加州的亞太區域研究所（Pacific Research Institute）擔任
主任研究員，常以美日關係評論家的身分在國內外媒體上參與評
論或發表文章。

　　我和高濱先生認識，是在我於《讀賣新聞》外電部門打工值

夜班的時期。他當時是剛從美國回來的記者之中最年輕的一位，常常告訴我在柏克萊念書的事、紐約的聯合國總部大樓又是如何，還談到巴布‧狄倫民謠歌聲中所詠唱的格林威治村，除了白宮及聯邦議會，還說到繁榮熱鬧的喬治城，每段歷險都讓我聽了眼睛發亮。

喬治城有很多高級飯店及精品店，讓人目不暇給，除此之外還有幾處像是鄧巴頓橡樹會議（擬定聯合國憲章草案的國際會議舉辦地點）在華盛頓DC的有名觀光景點，在市郊還有脫衣舞孃夜總會，是個充滿刺激的都市。

抓住崇敬前輩所給予的機會

當時，高濱先生問我：「華盛頓分部的齊藤彰（後來擔任美國總局局長）要回總公司，助理的位子會空下來，你有興趣嗎？」我興奮地說：「我有興趣！我對自己的英文有自信，請務必讓我去！」

當時我的英文程度只能以隻字片語來表達意思，但是我誇大其辭的向高濱先生說了謊，死命地要抓住這個機會。這份助理工作只有早晨跟晚上要到分部上班，白天可以去學校上課，對我來說充滿無限魅力。外電部門的同事們都很支持我去華盛頓，當時的外電部門部長還特地寫推薦函，讓我寄到第一志願的加州大學新聞傳播學系。

分部就位在聚集了全世界各報社分公司的國家新聞媒體大樓（National Press building），在華盛頓14大道與F大道的交叉口。14大道是華盛頓最繁榮的一條街，距離白宮不到3個路口，這一帶有很多酒吧和夜總會，一到晚上，小姐們就會穿著露半球的性感禮服大方走出來。我不但來到了世界的新聞中心，也被華盛頓的夜晚魅力給深深吸引。但是，幸福的時光總是很短暫，報到隔天就接受了渡邊先生嚴格的特訓。

　　我到華盛頓的1年後，高濱先生正式被派來擔任駐外記者。受到渡邊先生嚴訓的我，也被高濱先生特別關注，要我好好讀英文。在大學裡剛完成第一年的學業，勉強還跟得上授課進度。但是高濱先生所用的英文是第一線記者的靈活英文，於是我成了高濱先生的小跟班，跟著他學英文。

　　在集客力強的店面附近做生意，這一招叫做「跟隨行銷」，這是在新創事業剛開始起步時最好的經營方式，很多中小企業在創業初期都是模擬大企業的成功案例，然後再加點自己的想法，慢慢地站穩腳步。人也可以比照辦理吧！正所謂「學習從模仿開始」，不是嗎？

　　私底下，高濱先生會學渡邊先生吸菸捲，我也跟著學，他喝Jack Daniel's的威士忌，我也喝。這個獨立品牌是現在最暢銷的威士忌，很多搖滾樂手也都愛喝。高濱先生開始打高爾夫球時，不管是到多遠的場地，我都跟著一起去打，但我們兩人始終未能突破100桿⋯⋯。

追求女性或表達贊同時都可用的超簡單句型

高濱先生也教我怎麼追美國女孩。我問他：「高濱先生，在跟這裡的女孩子交往時，比起I love you，應該說I need you會比較好吧？但突然就說I need you，不會讓人感覺很猴急嗎？」高濱先生罵了一句「呆瓜」，然後說：「要先握她的手，如果她沒有抵抗的話，就把她拉過來，到這一步她也沒有厭惡的樣子，就吻下去……，之後就隨著男人的直覺去做就好啦！」追求女性時不需要語言，這個道理全世界都一樣。我對高濱先生眞是充滿了崇拜。

話說回來，高濱先生的英文眞是好，不管是白宮的記者會，或國務院的記者會，都能在記者會結束後馬上發出新聞稿，一般的日本特派員都是翻譯新聞稿後再寫稿，但是高濱先生不同。他逼退很多美國記者，找到機會拼命對發言人提問。

我跟他學了很多會話的技巧，其中他最先教我的是「Why not？」這樣極度簡單卻又有表達多樣化的詞。通常的意思是「爲什麼不……呢？」但是如果女性這麼說：

「Why don't you come over to my place this weekend？」
（這個周末要不要來我家？）

就回以：

> 「Why not？」
> （當然！）)

既能用在疑問句，也可以用來表達積極同意的意思，真是超便利的一句話。

為何這種狀況下也使用「Why not？」，其實是因為「找不到理由拒絕」。這跟「There is no reason for [to/that/why]」意思一樣。

上面的句型在that的後面若加上「I can't visit to your place」，就變成溫吞的說法，感覺上很像傳統老派的英國紳士。美國人喜歡事事簡單，所以常常說一連串的「sure」或「why not？」，若把兩個連在一起，變成：

> 「Sure. Why not？」

能夠更加強調語意。

高濱先生學到這一套，會話聽起來更像是英文母語者。我也模仿他，常常嘴邊掛著「Why not？」，但太頻繁時會讓周遭的人覺得有油腔滑調的印象。

check!

- 不管是英文或日文，學習從模仿開始，若找到精神導師就試著學習他的口頭禪。

- 多運用一些英文母語者常用的片語，即使只是表面化的使用也無妨。

- 用表露出積極性的單純表現，打開對方的心防。「Why not？」也有「當然」的含意。

Chapter 3

幽默

達人

Masters of the humor

英文雖不夠好，
但說服力超強

身為一位著名的經營者，需要經常對外發表，但英文卻很破，儘管如此，他的魅力還是擄獲了所有人。

有趣話題永遠用不完，盛田式英文的精髓

盛田昭夫先生畢業於大阪大學理學部物理學系，跟早稻田大學理工學系畢業的井深大先生一樣都是頭腦清晰的理科人才。他在太平洋戰爭期間擔任海軍技術中尉，就在戰時科學技術研究會中認識了井深先生。但是，不知為何他在用英文自我介紹時總是會說「I am a physician（內科醫師）」，應該是「physicist（物理學家）」才對……。

但這已經像口頭禪一樣，誰也不想去糾正他，而且和盛田先生熟識的外國人都很了解他。

另外，盛田先生在用英文演講時，談到新產品的特色（feature），以及公司和日本企業的未來（future）時，總是口若懸河、滔滔不絕地說著，旁人聽來他口中這兩個字的英文發音都一樣，但是歐美的聽眾也能分辨得了。

「（There are）many, many, many features in the future.」（在未來還會加上許許多多的功能），這樣的說法一點都不自然，但也順利地將意思傳達出去了。果然，與其說盛田先生是「physicist」，倒不如說他根本就是個銷售將才。我在索尼的13年期間，有7年都是以海外公關負責人跟在盛田先生旁邊，我深深感受到這一點。

他的確有溝通的天分，將簡單易懂的詞彙組合起來，搭配眼神接觸、肢體語言，讓溝通變得很自然。再加上他創造新詞的能力，以及特有的幽默感。

挫挫英語通的銳氣，大家都知道的失敗故事

我之所以要大家在學習英文前務必先檢視一下自己的母語能力，也是因為看到盛田先生的範例。當然，盛田先生在和國外的重要人物談話時，有時也會突然想不出正確的英文單字該怎麼說，像這種時候他也不會慌張失措，會以日文單字來代替，讓對方推敲語意。

我也學到了這一點，對於站在生意場上第一線的人，並不會因為一個單字無法理解就讓對話中斷，通常會從前後文意來了解、領會那句話。

太過在意要說得精準正確，反而會不知不覺失去了前後文意的貫連。

索尼即便不在國外設立分公司，公司內也有很多英語達人，

其中也有人因為受到挫折，而從此遠離英文。

我曾和一位留美的工程師去英國南安普敦拜訪軟體開發公司，該公司負責人的英文非常難以聽懂，說話時帶有濃濃的蘇格蘭口音。

當他說「I came from Edinburgh」（我來自愛丁堡），但口音太重，我們實在聽不懂。自此之後，那位工程師也不再說英文了。這件事被稱為「愛丁堡之謎」，在公司內部流傳。但是，即使是美國人也幾乎聽不懂蘇格蘭人的英文，身為非英文母語者聽不懂是很正常的呀！

受到超級大人物的貼心對待

不管是身為企業人的應有姿態，還是有關英文的觀念，盛田先生都帶給我很大的影響。在我要向當時身為社長的盛田先生稟告辭職一事時，內心真的很煎熬。但是，當我前往報告時，他剛好準備要前往紐約出差，十分忙碌，但他還是撥了1個小時與我面談，親自問我：「為什麼要離職？」

我是這樣回答的：

「這裡太過安逸，不知不覺就會讓我失去進取心。」

盛田先生苦笑著說：「很多人都是因為對未來感到不安才想到大企業工作」，並稱我為怪人。但我一說到之後要去「美國運通的日本分公司」，他回道：「我和那裡的董事長James Robinson是

好朋友，雙方家人也常互通有無，代我向他問聲好吧！」

　　之後，我實際進入美國運通公司後嚇了一跳。社內流傳著「A big shot from Sony」（從索尼來了個大人物）。之所以會有這樣的傳言，是因為盛田先生直接打了電話給Robinson，所以總公司傳來一份以CEO名義發出的傳真，內容是：「Please send me a detailed information about Mr. Kozo Hiramatsu.」（請寄有關平松庚三的詳細資訊給我）。公司內部在不知該如何因應時，也瀰漫著一股「平松是何等人物啊？」的期待感。其實我根本只是一個小人物，託盛田先生的福，幫我在美國運通日本分公司打通關，為我帶來意料之外的貢獻。

　　在感謝盛田先生貼心照顧的同時，也深深感受到所謂經營者的高度，讓我至今仍銘感五內。

check!

- 英文發音不好，可以靠前後文意辨別來解決，不要為了努力改善發音而造成無謂的壓力。
- 一流的商業人士並不會因為一兩個英文單字聽不懂，就讓會話中斷。

明明點了 coffee 與 vanilla ice cream⋯⋯

渡邊先生在公司餐廳每次都吃同樣的菜，展現出很有他個人風格的頑固性質，Going in my way！

連人見人怕的渡邊恒雄都不得不服輸的服務生

提起渡邊恒雄，大家都知道他是《讀賣新聞》的BOSS，他也是我們夫妻的媒人。我還在早稻田大學念書時就進入公司打工，而當我到美利堅大學留學時，渡邊先生也到美國擔任華盛頓分部的部長，當時他就已成績斐然。

當時，渡邊先生想讓我正式進入《讀賣新聞》，但被人事部門的專務擋下，因為我當時已經26歲，超過了一般新社員的招募年齡，所以渡邊先生向交情甚篤的盛田先生引薦我，我才得以進入索尼。因為這段淵源，當盛田先生過世時，在索尼公關宣傳部發出的追悼特集中也稍稍提到我，上面寫著「優秀的青年一邊辛苦打工一邊在美國的大學研讀到畢業」等介紹內容，讓我感到十分不好意思。

儘管渡邊先生是一位才能出眾的政治記者，但是英文卻不怎

麼拿手。閱讀上雖沒有什麼問題，但發音不太好。而且，不管被指正過多少次，他還是用自己的方式去發音，也稱得上是渡邊先生的風格了。

當時，《讀賣新聞》分部所在的National Press building當中有很多國外的報社、通訊社進駐，大樓內有一間自助式餐廳是員工餐廳。那兒的午餐每天是固定菜色，但當渡邊先生想點甜點時，對於coffee和vanilla ice cream的發音總是掌握得不好，聽來帶有濃濃日本味的發音「kohhee and banila」。如果聽慣了的話是可以聽得出來的，但是那家餐廳最資深的服務生也都還很年輕，沒有這份功力。她們是以渡邊先生的嘴型來分辨他到底在說什麼。

反覆端上的可樂，原本不愛喝也變得喝上了癮

所以，她們總是把渡邊先生口中念出的「kohhee and banila」誤認為「Coka and banana」，然後笑咪咪地以一副「這把年紀的人還像個小孩一樣點這些東西」的表情，把香蕉跟可樂端給渡邊先生。剛開始，渡邊先生還會想嘗試修正發音，每天想著「我的發音不夠好，不，是嘴唇動作不對」，努力練習嘴型，每天默默地喝著可樂、吃著香蕉。在這樣的過程中，後來渡邊先生竟然對原本不愛喝的可樂喝上癮了。

順帶一提，之後渡邊先生晉升為總公司的政治部長時，在上智大學留學的美國作家Robert Whiting曾擔任過他的英文家庭老師。

研究日本政治的Whiting對於日本盛行的棒球風氣感到很驚訝，甚至將研究題目「美日兩國文化差異比較」的範圍從政治換成棒球，而且還從Ruth Benedict所寫的《菊與刀》得到靈感，寫出《菊花和球棒》一書。Whiting採用棒球用語來教英文，希望讓渡邊先生能更容易理解，但似乎「完全沒效」。因為渡邊先生對棒球完全沒興趣，大概只知道知名的棒球教練「長嶋茂雄」這個名字而已，所以Whiting在教學上也是吃盡了苦頭。

被渡邊先生狠狠處罰？

　　正力松太郎被稱為是《讀賣新聞》的中興之祖，在其經營下，《讀賣新聞》從地方性報紙躍升為極具影響力的全國大報。正力先生和渡邊先生都出身於東京大學，對英文卻超級不拿手，他常常放言道：「報紙的生命就是詭異事件、情色事件和灑狗血事件」。在正力先生的經營方針之下，《讀賣新聞》被打造成大眾化的報紙，他還替公司取了「社會部王國」的怪名，公開說「我們報社只要有社會新聞部門就夠了」。渡邊先生剛開始是隸屬於《讀賣周刊》，但被調到總公司後，就一直隸屬於政治部這一條新聞線，挖到不少政界的獨家新聞，讓銷售量更加攀升。

　　雖然知道精明能幹的渡邊先生個性易怒，但我還是會犯很糟糕的失誤，他罵人的氣勢幾乎讓我感到隨時都要小命不保。

　　在華盛頓工作的第2個月，從冬令時間切換到夏令時間，東京

的截稿時間延長了1個小時，但我不知道這件事就跑回家了，因此也漏看了「美國表示將再度轟炸北越」這條有關越戰的大新聞。之後連續下跪10小時，哭著拼命道歉，好不容易才獲得原諒。

但就因為撐過這樣的斯巴達教育，才有今日的我，心中始終都對渡邊先生抱持著感謝。另外，渡邊先生比誰都還認真的教導我，說英文時的嘴型要比說日文時還要大。每當我看到可樂和香蕉，就會想起渡邊先生那濃重的發音而忍不住笑出來。

check!

■ 英文要靠嘴唇動作來發音，仔細觀察英文母語者的嘴巴動作，在鏡子前試著模仿看看。

■ 不會說英文並不可恥，比起能說一口流利英文，對自己的菜英文不以為意並努力開拓人生，更不簡單。

你能用英文
講笑話嗎？

> 紐約的 KOZO、倫敦的 SHU，是名聲響遍世界的索尼有趣員工。但
> 是在盛田昭夫先生看來，「Exceptional，they are！」

很特別的人才

即使吵架也不要讓事情惡化，最重要的是不要留下遺憾。如
果把吵架當成今生的訣別，那麼想講的事也會變得難以啓齒，但
像這樣一味的沉默，會讓很多機會溜走。

我有一個個性極開朗的朋友，他從一橋大學商學院畢業後，
在史丹佛大學商學院修完S.E.P（The Stanford Executive Program），英語
實力超群，尤其溝通能力更是高強。他名爲植山周一郎，通稱小
周，比我大一歲。曾擔任英國索尼的銷售部部長、總公司公關部
部長等，於30歲後半期獨立創業，在企業經營諮詢及出版業等許多
領域都很活躍

他的事務所裡掛滿了與前英國首相柴契爾夫人、維京集團創
辦人理查・布蘭森、女星伊莉莎白・泰勒等政商影視名流的合
照。

「我和男星查理・辛、企業家唐納・川普、田徑女將葛瑞菲絲・喬伊娜、政治家傑佛瑞・亞契爾等各界名人都保持良好關係，但並非是透過他人介紹而認識，而是透過我主動出擊的。比方說，我是歌手東尼・班尼特的粉絲，某次剛好在餐廳巧遇，就抓住這個機會合照。像亞契爾與布蘭森則是透過秘書安排採訪，他們也都很爽快的答應了。」

毫不遲疑、沒有顧忌，就這樣勇往直前。並非用強迫的手段，他開朗的性格連頑固的人都會被打動，而敞開心胸歡迎他。在索尼工作時期，我待在紐約，他則在倫敦當負責人，我們都擔任盛田先生巡訪時的招待工作。

某次，盛田先生在德國科隆接受《PLAYBOY》德文版雜誌的採訪，某位對索尼似乎相當了解的記者問到：

「Your company has funny guys. Like Kozo Hiramatsu in New York and Shu Uemura in London」（你們公司有一些有趣的人，像是紐約的平松庚三、倫敦的植山周一郎。）

結果，盛田先生是這麼回答的。

> 「You are wrong. They are not typical Sony men. Exceptional, they are！」
> （他們可不是典型的索尼員工，而是很特別的人才！）

冷笑話都能翻譯，讓大人物超亢奮

　　盛田先生平常有專屬的翻譯，在日本有重要會議時都是由西山千先生負責，他就是阿波羅11號登陸月球時實況轉播的同步口譯者，盛田先生每次都會找他來。西山先生出生於美國，在第二次世界大戰前曾在日本通信省電氣試驗所工作，在理科領域實力堅強，1973年擔任索尼的理事，之後也曾擔任顧問。口譯時可以精確到連字裡行間的訊息都傳達得完整，根本就是專業的口譯員。

　　即便小周的英文沒有西山先生那麼厲害，但小周的厲害之處在於他可以掌握盛田先生獨特的習慣用語，語帶幽默之處也都能漂亮的傳達出來，所以被盛田先生稱為「呆瓜天才」。小周為盛田先生取了一個英文別名：「I already gave up」（我已經放棄了）。因為，「我已經放棄了」的日文發音是「Mo orita」，盛田的英文發音是Morita，取其諧音的趣味。雖然外國人肯定搞不太懂，但是盛田先生倒非常欣賞。實際上，即使不說明其中含意，這樣隨興的創造新詞也能和對方溝通。

　　小周和盛田先生之間好笑的對話還有下面這個例子。

　　植山：「盛田先生，你知道『不愉快』的英文怎麼說嗎？」

　　盛田：「不就是Unpleasant嗎？」

　　植山：「不對，是『Winter isn't it？』（不是冬天嗎？）。」
（「不愉快」的日文發音近似英文的「不是冬天嗎」）

　　盛田先生後來也慢慢感染了這股幽默感。某次開車在泰晤士

河旁，剛好行經已關閉的火力發電廠舊址，盛田先生說：

「小周，買下這個火力發電廠舊址，改建爲澡堂或許不錯呢！廣告文宣可以這樣寫喔！『Let's go to London to New York.』」

由New York的發音聯想到日文的「入浴」（nyuuyoku），這樣的聯想連小周都服了。不管是過去或現在，在索尼公司都有很多精通英文的人，但是「可以用英文吵架的日本人」呢？少得可憐。

> **check!**
>
> ■ 微笑是遏止爭執最好的力量，開朗的小周沿襲了盛田先生的冷笑話功力，讓外國人即使不明所以仍能哈哈大笑。
>
> ■ 不要擔心變成「怪咖」，只要你具備實力，有遠見與氣度的大人物一定會賞識你。

緊急時
用直譯的英文來表達

活靈活現地展現出幽默感，這對創業者來說，並沒有什麼好害怕的。
以略顯失禮的口吻來說英文笑話，更能看到他的生存之道。

化身爲盛田昭夫，用英語演講

　　有關植山周一郎的小故事太多了，不知該寫出哪一個才好。其中最精彩的可說是他模仿盛田先生的樣子。不只是用日文，就連說英文時的模樣，或是盛田先生肯定不會說的德文也能模仿。而聽眾會覺得「若是盛田先生眞的說德文，大概也就是這樣吧！」，大聲喝采。實際上，小周長年住在被稱爲歐洲門戶的倫敦，德文根本難不倒他。

　　某次，盛田先生無法參加在德國舉辦的經銷商銷售競賽，由小周代替出席。小周代爲朗讀了盛田先生的英文致詞稿，但是模仿盛田先生的腔調維妙維肖，讓會場中的德國人爲之瘋狂。這當然是因爲盛田先生個人的名氣，還有盛田先生在溝通時常常會加些幽默的笑料，而小周完美地模仿呈現出來。

　　小周的語學能力之所以這麼好，跟他喜歡人、喜歡溝通一定

有關係。但是，不管是多麼厲害的英文專家，突然碰到艱澀的醫學名詞也會一時之間反應不過來。盛田和植山的英文趣事當中就曾有過這樣一段故事。

專業難懂的詞就用意譯

盛田先生的母親在訪問倫敦時，突然身體不舒服被送到了醫院，當時小周也理所當然一起同行。當醫生問過去罹患過什麼疾病時，盛田先生的母親回答「得過十二指腸潰瘍」，但是小周無法當下譯出這個名詞，一時之間就說「Twelve fingers stomach ache」，醫生大笑之餘立刻懂了。

正確的說法應該是「duodenal ulcer」，但是「duodenal」的名詞型「duodenum」是來自拉丁語的duoden（意思是12）。醫生當然懂這個由來，所以小周努力意譯的結果也能傳達意思。就連在說自己母語的時候，一時之間也會有想不出那個名詞的情形，此時就換個說法、換個字來表達。溝通的時候具有這種變通能力最重要。不管是為了避開吵架而迂迴婉轉的說話方式，還是語氣中要帶點輕微的挑釁，依狀況不同有幾十、幾百種說法。

小周自認是盛田先生的「personal pimp」（專屬中間人），盛田先生喜歡請年輕員工吃飯、聽他們的意見。當盛田先生問：「『很受女孩子歡迎』這句話用英文怎麼說？」時，小周一臉正經地教他：「I can have many girls」。但這樣一來就成了「我有很多愛

人」的意思。正確的說法應該是：

「I am very popular among the girls.」
（我很受到女性的歡迎。）

或是

「I get a lot of attention from women.」
（我吸引了很多女性的目光。）

當小周從英國索尼回到日本總公司時，回歸到外派前原本的科長職位，據說他認為「這樣根本就做不了什麼事」，硬是要了個課長的職位。而且還覺得剛回國時的工作太過無聊，直接找上面談判，之後調動到了公關部門，跟著盛田先生揚名全世界。小周就是有那股足以讓人應允他的任性之魅力。某次小周接受英國專欄作家的訪問，他說：

「我很重視時間，希望人生過得充實，不知道是不是因為自己總是將工作與玩樂的界線看得相當模糊，而讓我在這兩方面的人際關係有許多交疊之處」。

這與前面提到的建立人脈有因果關係，或許大家覺得小周是幽默達人，但若看到他那總是全心全意面對人生的真摯態度，即

使對方不是盛田先生，應該也會接納他的此般任性吧！

check!

■ 只要找到適當的單字還是能滔滔不絕繼續說英文，重點在於堅定傳達的意志力。

■ 不要覺得卑微，經常保持平等的心態來與大人物接觸，這樣的話他們也會主動接近你。

用直率
打動頑固老闆

美國運通日本分公司的社長是來自德州的內向大男人，之所以能夠
讓他這樣保守頑固的人卸下心防，也是拜笑話所賜。

「你想要換公司嗎？」被溫和的威脅……

　　美國運通公司是一家金融服務公司。所以，當我在1986年進
入該公司時，其他同樣被挖角來的人都是來自大型銀行或商社等
一流公司的部長或課長。而我是被負責製作會員雜誌的部門所採
用，怎麼看都跟其他人顯得格格不入。

　　在過去，外資企業會聘請具有長期駐外經驗的日本人，也就
是「英語通」，但是從1980年代後半開始，情況慢慢改變了。因爲
不管哪種企業，只要是部長、課長階級，海外出差次數多，派去
分公司工作幾年後，英文程度好的人也變得越來越多。因此，就
算是外資，錄取人才的方向也轉爲「工作能力第一，英語能力第
二」。另外，以往都是由公司內部的主管自己推薦人選，在那之
後也開始會委託獵人頭公司代爲尋找人才。

　　總而言之，當初我對這種文化差異感到很困惑，經常受到直

屬上司，也就是副董事長Jim Boff的勸說，他總說這畢竟是美式作風的公司，而我要加入日式做法是行不通的。當他看到我的做法有點過頭時，他就會這麼說：

> 「You wanna change your company's name？」
> （你想要換公司名稱嗎？）

　　如果我執意要加入日式做法，公司名稱就沒必要冠上「American」。言下之意就是在威脅我可能遲早會被開除。

與難相處的社長一同出差

　　我在美國運通公司工作時，擔任日本分公司社長的是Steve Freedman，他是個常戴頂牛仔帽、板著一張臉抽雪茄的魁梧德州男人，有點像約翰·韋恩的感覺。他與一般認知中美國商人擅於交際的刻板印象不同，一看就是難以親近的人物，不管什麼事都得按照他的方式進行。我曾經透過Jim Boff而跟他有過衝突，但是後來一下子就化解了。

　　某次，我和Steve去福岡出差，晚上在一家河豚料理店吃飯。我以Traditional Japanese Joke（傳統日式笑話）打破沉默。

> 「There is an eye clinic situated next to a Fugu restaurant in Japan.」
> （在日本，河豚料理店旁一定會有家眼科診所。）

我對著一臉狐疑的Steve說：

> 「Because your eyes may pop out when you see the bill.」
> （因為當你看到帳單時，眼珠子會跳出來。）

　　原本難以親近的Steve笑得開懷，但身為鐵漢的西部男人馬上又恢復撲克臉。Steve知道河豚是poisoned fish（有毒的魚），還是多少會感到不安，他問：「真的沒有危險嗎？」，於是乎我稍微逗他一下。

> 「Eating Fugu is much safer than walking in New York.」
> （吃河豚比走在紐約街道安全多了。）

　　Steve當然了解其中理由，紐約的治安那麼差，比起來東京好多了。強盜出沒是家常便飯，而且計程車司機開車也很狂暴，常常發生交通事故，危險程度真是不消多說。

　　與Traffic War（交通戰爭）比起來，「poisoned by blowfish」（因河

豚而中毒）的機率太低了。我接著說：「嗯！一年中因河豚而喪命的人大概30個左右吧！」，加油添醋的給了一個數字。

實際上，供食用的河豚會把具有毒性的肝臟和卵巢去除，全日本因吃河豚而死亡的人數一年約1～3人，我話中所說的是近10年的累計數字。實際上一整年都沒有人因河豚而喪命的情形很多，當年應該也是這樣吧？但是我把數字誇大來嚇嚇他。

Steve大概還是覺得會有危險吧？睜大眼睛問「真的嗎？」，他小心翼翼地舉筷，但當他把河豚生魚片大口放入嘴裡，表情一瞬間整個變了。後來端上了河豚火鍋時，他連連說著「Delicious」，一個身材高大的男子弓起身子就像隻灰熊一樣低頭猛吃，筷子沒停過，拼命夾著河豚肉往嘴裡放。

對不苟言笑的人只能壓抑住情緒

「對吧？好吃吧？」這句話我是用日文說的，但Steve就像是聽得懂似的，滿足地頻頻點頭。果然，「delicious food」（絕品美食）是最無敵的武器，不需要任何語言贅述。

至少這招對我太太也有用。在夫妻吵架時，我也總是用這一招來安撫我太太。再加上Steve很愛喝酒，日本酒也合他的口味。溫熱的日本酒壺一下子就空了，喝得醉醺醺之際，Steve通紅著臉為了過去與我的意見不和而道歉，我這樣回應他：

> 「You are pretty shy, aren't you？」
> （其實你骨子裡是個害羞的人吧？）

Steve聽到我這句話，像是被戳到弱點似的哈哈大笑說：

> 「You are one of only two who said that. The other was my wife.」
> （世上只有兩個人會這樣說我，除了你，另一個是我老婆。）

眞是世界共通啊！外表看似是鐵漢的男人其實內心都很纖細。這樣的本性卻被我輕鬆看穿，也託了這福，此後他徹底對我敞開心胸。之後，Steve會很認眞地聽我的意見，在工作方面也得到了更好的成果。我當然也就順利往上爬升，之後還被Steve任命爲副社長。

check!

■ 美食是最好的外交，在公司内部也應該多和重要人物共享美食，以拉近距離。

■ 越是偉大的人物，内心越是孤獨。但他也希望被人看穿，若善用這一點，反而可以更加親近。

化解爭執
的一句話

我曾嘗試過不花一毛錢到亞洲各國旅行，當時認識了英國人 Mike，
他很習慣旅行的生活，也很擅長和不會說英文的人打交道，其中的
祕訣就在於……。

拋下蓬勃的學運活動前往東南亞旅行

在我的學生時代，正值70年代針對美日安全保障條約的鬥爭活
動時期，學生運動很蓬勃，大學因而無法發揮正常的功能。對政
治冷感的我對於不平靜的大學環境也不感興趣，而同時也對如此
無感的自己感到很失望。此時因爲讀了一本書，重新燃起對世界
的嚮往，那就是《南越戰爭從軍記》（岩波書店出版）。

作者岡村昭彥是一名揚名世界的戰場攝影師。他經歷了曲折
坎坷的人生，與新聞社簽約後前往越戰前線擔任攝影師。他希望
能傳達戰爭雙方的眞實情形，因此也潛入南越和美軍方面拍攝，
儘管兩度被拒絕入境，仍不放棄傳達戰爭實際情形的意志，這深
深地打動了我。

想法單純的我因爲想重新磨鍊自己，找了兩份兼差打工賺取

旅費，想嘗試飛往越南，逃離日本。

善意助長年輕人的冒險心

起先打算以一個月的時間環遊亞洲，我前往鹿兒島搭上開往台灣基隆港的船隻，途中會經過當時仍被美軍佔領的那霸石垣島。我所搭乘的琉球海運船原本專門運送貨物，現在則改爲到台灣的旅客專用航線。我在船上遇見了名叫Mike Hart的英國學生，兩人意氣相投。之後也一起投宿便宜旅館，有時則搭帳篷過夜，在東南亞還會用搭便車的方式，如此旅遊了半年。

Mike會說一點日文，當時的台灣有很多會說日文的人，所以在溝通上沒有太大的障礙。後來，當我們從高雄要前往菲律賓時，幸運得以免費搭乘經宿霧前往馬尼拉的貨物船，這也是Mike跟船長交涉而來的。船長還爲了無法取得簽證的我，特地去高雄的菲律賓大使館寫了保證書，讓我們兩人在船上工作。

在船上，我們靠著幫救生艇上油漆等工作，各自賺到75美金，但在抵達馬尼拉後爲了省錢，只好睡在中央郵局的屋簷下。結果，在馬尼拉市政府工作的Mario Lauren這位紳士叫醒我們，親切的跟我們說「來我家過夜吧！」

「One good turn deserves another.」
（行善終會有回報）

菲律賓普遍信奉天主教，而Mario正是虔誠的天主教徒。我想，他一定覺得對我們這樣窮困無依的外國學生行善是理所當然的事。即便如此，不管是船長或是外國的這些大人們都毫不吝惜給予年輕人幫助，相信在他們成長過程中也是一路上獲得他人的扶助，然後再將這份善心傳下來，形成良好的循環。

自此，我們借住在Mario家，每當與Mario一家走在馬尼拉街頭時，遇見在治安很差的馬尼拉街上流浪謀生的外國人，Mario總是於心不忍。實際上，我們也差一點捲入街頭槍擊事件當中呢！

千鈞一髮時的救命話

我們和Mario的大兒子Perry、二兒子Erwin等四人在街上散步，當地的店員和兩兄弟因為一點小事而吵了起來，因為他們說的是菲律賓的他加祿語，所以我們也聽不懂。不久後，店員更加生氣，突然拿出手槍。在千鈞一髮時，Mike說話了。

「Hey men, be cool.」

（嘿，冷靜一下吧。）

Mike只說了這一句，他並沒有用同樣意思的「Calm down」或「Chill out」，而說了大家都懂的「cool」這個單字。因為對方不懂英文，若用稍有難度的單字或表現方式，便很難傳達意思。這個

簡單的cool似乎馬上達到了滅火的效果，暫時失去理智的對方也抑制了怒火，默默地離去。這件事讓我領悟到，簡單而能直接傳達意思的表達方式是最好的。

和Mike在馬尼拉分開後，他打算前往泰國或西貢，而我前往香港。我們書信往返一段時間後就斷了音訊，我現在仍一直在Facebook等社群網站上試著找他。

而另一方面，Lauren兩兄弟現在都住國外，我和他們一直保持聯絡，在Mario過世後也沒有中斷。我曾到舊金山拜訪在那兒經營超市的Perry，也和在瑞士日內瓦擔任銀行員的Erwin在紐約碰面，他也曾經來過日本。現在，連我們彼此的家人都是朋友，在Facebook上時常聯絡感情，當然，全都是使用英文。

check!

■ 在國外說英文就已經很辛苦了，若還遇上了爭執場面，就更是痛苦。
這時只要以簡單達意的單字說「Be Cool」就行了。

■ 對旅行者要親切，如此一來就能擁有世界各地可以用英文溝通的朋友。

Chapter 4

用英文
做
生意

Conducting a business
in English

全球化發展的始祖──
盛田昭夫的交涉藝術

盛田昭夫是如何成為一個真正的跨國企業家呢？他只不過是順其自然，懷抱著身為一個生意人的堅持，以英文決一勝負。

為了擴展全球生意，親自下海做試金石

盛田昭夫不僅是索尼的創立者之一，成功將索尼推上世界舞台，也是我的人生導師。盛田先生為了讓索尼揚名世界，在1963年全家遠赴紐約，租下最高級的公寓，明明英文都還說不好，但他卻敢於廣邀賓客開派對、建立人脈，他就是有這種膽識的人。

用這樣的方式學到最靈活的英文，還在社交界拓展了人脈。他不僅邀請社會名流，連鄰居、孩子朋友的父母、專欄作家等等各界人士都是他的座上賓，並且一視同仁的看待，積極地和他們交談。

不過，當他剛遷居到美國時，還是有一段時間需要口譯員幫忙。但是，在那段期間因為去了趟歐洲，發覺到其實連美國人到歐洲也是苦於語言不通。一想到大家都差不多，就湧起了說英文的勇氣，英文會話能力突飛猛進。這種「設身處地」的心情，對

溝通來說非常重要，盛田先生的英文並非十分流暢，但他有想要以英文溝通的心情。其實，當他用母語談話時也是一樣，總會坦率表現出他個人的人品，沒有一絲虛假。這種誠懇的態度贏得了歐美人士的欣賞，而讓盛田先生有很多公開演講的機會，應該是最常以英文公開演講的日本品牌經營者吧！而且，不管在什麼樣的場合，盛田先生都能抓住聽眾的心。

喜愛與人往來，幾乎不曾拒絕

盛田先生偶爾會嚴厲批判美國財政界，但批評時一定會附加妥切的現況分析，所以被批評的人反而會虛心接受。當他與石原慎太郎合著的書《可以說不的日本》出版時，他正好接受《讀賣新聞》的邀請，在紐約郊區和企業家David Rockefeller對談，之後他受邀在Rockefeller財團舉辦的講座中演講，他幽默地這麼說。

> 「So why am I here addressing you tonight？Let me confess a little secret. I have a hard time saying "no".

So, when David Rockefeller asked me to speak to you tonight, of course, I had to say "yes".」

（為什麼我今晚會在這裡對大家演講呢？告訴你們一個小秘密。因為我很難說出「No」。而當David Rockefeller邀請我今晚來演講時，我當然只能說「Yes」啦！）

盛田先生在美國的另一場講座上，對美國奉行過頭的金融至上主義做出了提醒式的預言。

「Some say I accuse the US of not being competitive or creative, but this is not true. There are a number of prime examples of how a business should be run, right here among domestic corporations. What concerns me about the US is that the most dramatic advances I have seen in US competitiveness and creativity have been occurring not in the manufacturing sector, but over on Wall Street.」

（有人說我批評美國不具競爭力和創造力，這不是真的。美國的企業當中有非常多經營高手。但依我所見，競爭力及創造力雖然呈現劇烈成長，但那僅限華爾街（金融業），而非製造業。）

雖然尖銳批評，但同時也引出對方的幹勁

這個演講的主題是「競爭性合作」，發表時間是在1990年。即便是在美國，當時也只有少數睿智的經營者稍稍注意到這個議題，盛田先生一針見血的指了出來，撼動了每位聽眾。

但是，結果就如大家所知道的，2008年9月發生了雷曼兄弟事件，引起全球金融危機，由此可證明盛田先生的預言完全命中。

據說被稱為「簡報高手」的蘋果創辦人賈伯斯也受到盛田先生犀利演講內容的影響。

當然，

「Rome was not built in a day.」
（羅馬不是一天造成的。）

盛田先生之所以能有這樣的成就，背後有大家看不到的努力。我在索尼的美國公司負責公關工作，每次盛田先生訪美時我一定在他身邊，每當去到他在紐約租下的56街公寓，常可看到他拿著英文演講稿大聲朗讀的模樣。盛田先生偶爾會激動的責備部屬，但往往都準確抓到問題的核心。另外，雖然即使回嘴也贏不了盛田先生，但若毫不提出任何辯解，反而會讓盛田先生更生氣，因為他不容許下屬只是唯唯諾諾回應而已。正是這樣的領導風格，讓索尼培養出鼓勵辯論的公司文化，但現在看來，由於缺

乏勇於表達意見的員工，而漸漸喪失這樣的文化了。

進入1990年代後因為泡沫經濟崩壞，各企業不再追求長期成果，只重視短期成效。對於不知何時才能產生利益的產品，都不再願意投資。象徵凝聚公司員工意識的球團等等也遭到統合、廢除或縮減活動，即便是各企業的本業，不管是研發部門還是營業部門，都變成只追求眼前的利益。

各部門熱烈討論的氣氛也不復見。因為業績一落千丈，似乎也用不著討論了。我常常在想，如果盛田先生仍健在，看到這種情形一定會怒不可遏吧。

check!

■ 抓到美國企業裡的商業訣竅，盛田主義成為了索尼的文化。先講先贏，任何人都可以大聲提出自己的意見。

■ 演講高手是透過大膽指出對方的盲點、弱點來打開對方的心房。

■ 好好鍛鍊自己的母語能力，便能夠連帶加強英語。日常會話中要適當的結合演說訣竅作為練習。

以超越英文的表現，打造留名青史的長銷作品

> 就算被封為是多麼高明的經營天才，若沒有流傳後世的產品，很快就會被遺忘掉。但是，盛田先生和 Walkman 一起寫下了歷史。

索尼最熱門的商品，出自盛田先生之手

雖然覺得盛田先生和索尼的神話怎麼也說不盡，但對年輕人來說，都已經是很久很久以前的古老故事了。即使在演講時提到盛田先生的名字，聽眾竟然沒有什麼反應，真是令人對未來感到憂心。但是，一說明盛田先生就是替Walkman命名的人，年輕人就會立刻驚呼。就像後面內容所述，若沒有盛田先生的強力推行，Walkman不會轟動全世界。

Walkman當然不是正統英文，而是典型的日式英文。正確來說，應該是walker或是walking man。1979年推出第一代機器TPS-L2時，還沒有出現Walkman名稱。此名稱發想來自於1978年販售的小型單聲道卡帶錄音機（monaural tape recorder）「Pressman」，再結合時下流行的電影「Superman」，以「可帶到戶外，一邊走路、活動還能聽音樂」的概念，由年輕工作人員想出這個名稱。

之所以會有Walkman這個點子，是來自井深大榮譽社長的要求。他經常去國外出差，又喜歡在飛機上聽音樂，他說「希望有更小更輕便的播放產品」，因此展開了研發工作。井深先生十分中意Pressman的立體聲測試版產品，而盛田先生聽聞這項產品的研發，便以他獨到的生意直覺認為「這說不定會賣喔！」

洋溢著盛田主義的索尼，深受年輕人信賴

實際上，盛田先生對Walkman的開發也很興奮期待，他對產品的細微部分給了很多意見，但是最誇張的還是這個奇妙的日式英文。盛田先生對這個名詞的堅持打退了其他想要制止他的人，盛田先生說：「使用者是年輕人，所以年輕人說好就是好！」這句話給予宣傳部主管很大的勇氣。盛田先生斷然地說：「若認為這句話不是英文，當它是世界語就好了。」當時不管是外包裝或是海報全都打出「Walkman」的名稱在進行。

但當要銷售到國外時，在產品命名上，美國索尼以「walk about」（散步）為基礎，新創了「Sound about」為品名，而英國索尼則用了有偷渡客含意的「Stow away」為名。但是，來到日本的音樂從業者都會買「Walkman」當伴手禮，透過口耳相傳，Walkman之名反而更加擴散到世界各地。盛田先生也看到這股影響力，下達了命令：「今後，全世界都統一使用Walkman為品名」。

在此要請大家思考一下，為什麼Sound About或Stow Away都不

好，非得要Walkman不可呢？

實際上，我在索尼工作的時期也有接觸到Walkman的銷售。當時，身為海外公關部科長的我，夾在英美兩國的負責人與盛田先生中間，而英美的負責人對盛田先生提出上述疑問。美國負責人說：「Walkman會讓人聯想到在街頭販賣毒品的人」。所以，美國才會選擇帶有「聽看看」含意的Sound About，而英國負責人聽到這些話卻說「美國人的sense很差」，並提出了蘊含著「偷偷聽」之意的Stow away。

雙方爭執不下，聽到這樣的討論讓盛田先生很生氣，他說：

「對索尼來說，第一個全球性產品就是Walkman！」通常來說，不只索尼的產品，大部分的日本電子產品會依不同國家的安全基準、電壓及頻率，分別製造符合日本規格、歐洲規格及美國規格產品。但是，不需要插電，以全球共通的3號電池便可運轉的Walkman，走到世界哪個角落都能用。

所以，就如同可口可樂這個暢行全球的名稱，索尼獨家製造的產品就用索尼自己的命名就好。這是盛田先生的信念，但當時還年輕的我，因為無法了解，而被他嚴厲地教訓了一番。

check!

☐ Walkman可以將音樂帶到戶外，象徵著索尼的開拓精神及自由自在。這個改變時代的商品至今仍有許多值得我們學習的地方。

☐ 在語言方面有其堅持，但不會過度追求完美或是堅持自我風格。只要可以傳達心意，用自己習慣的說法來詮釋也無妨，這就是盛田式英文。

全球化思考，在地化行動

為了將自家產品推上國際，就得要讓全世界的人都念得出商品名，
盛田先生的信念透過 Walkman 這個自創詞，進而擴展到全世界。

領先全球化的盛田先生

「Think globally; Act locally.」

（全球化思考，在地化行動。）

這是盛田先生當時的口頭禪，偶而也會換成：

「Market globally; Communicate locally.」

（全球化行銷，在地化溝通。）

當時盛田先生開始提倡「Global localization」（全球在地化），
而其成果就是Walkman。在現今Global localization達到極致，這個概念

也可以用「glocalization」一字來表示。當時，我同意國外負責人對命名的看法，所以大膽地向他提出了反對意見。

「您不是總說『Market globally; Communicate locally』、行銷就該交給當地的第一線嗎？依據市場調查結果來看，Walkman這個名字似乎不大受歡迎呢！」

索尼的公司文化就是不管對方地位多崇高，只要自己認為是對的，就可以提出反對意見。話雖如此，我的語氣太過輕率，讓盛田先生聽了後勃然大怒，罵了一句「笨蛋！」他激動地啞著嗓音說明前文提到的理念——「Walkman要成為索尼第一個全球化產品」。

在憤慨情緒之下，他似乎同時也以這樣的信念說服自己。因為他平常不會這樣大發雷霆，當下讓我感到很畏縮。現在回想起來，真是被罵得很有價值呢！

將商品滲透到顧客意識中的獨特手法

原本，索尼就很重視市場調查。當時索尼以成為國際化企業為目標，企圖打入歐美市場，打算要在國外銷售小型的晶體管收音機（transistor radio）。盛田先生認為，為了要讓顧客知道這是怎樣的產品，必須做「市場教育」。讓大家知道索尼不只有晶體管收音機和Walkman，還有很多其他劃時代的商品。與其抓住顧客的需求，倒不如超越顧客的需求，以「市場教育」來超越「市場調

查」更爲重要。

　　爲了要讓每個人知道索尼推出的晶體管收音機值得購買，我們採取了以下的行動：在德國漢堡出產知名高級鋼琴的史坦威家電販賣店展開活動。當時，在家電製品十分先進的德國，連一台收音機都賣不出去，當地的負責人苦無對策之下，決定採用員工的建議，每天去拜訪那家店，甚至付錢拜託店家讓我們展出商品1個禮拜，甚至找人假裝是客人，以與店員對話的方式將收音機的賣點故意說給其他客人聽。

　　這一招很完美的奏效了，收音機很快就銷售一空，甚至帶來連鎖效應，讓民眾口耳相傳「只有那家店在賣索尼收音機」，促使其他店也想進貨，而帶來了大筆的訂單。

以對商品的自信爲品牌，成爲企業宣言

　　經過盛田先生大發雷霆的那一次經驗，我領悟到：所謂商品命名其實也是一種市場教育。盛田先生曾說過：

　　「Walkman不是英語也不是日語，它是索尼語言。總有一天，Walkman一定會被《韋伯字典》收錄。」

　　盛田先生說過很多名言，但是展露對自家商品名稱會成爲國際共通語這種自信，則相當少見。《韋伯字典》是美國最大的英語辭典，實際上，法國的《拉魯斯小百科詞典》在1981年最先把這個詞收進字典，1986年英國的《牛津英語字典》也收錄了這個詞。

國外具權威性的字典都認同了Walkman這個日本自創英文。

之後揚名國際的自創日式英文品牌名稱還有「Band-Aid」（OK繃）、「Kleenex」（面紙）及「Xerox」（影印機）等，Walkman也成為了隨身聽的代名詞，名符其實的成為了國際性商品。

英語諺語：「A king's word is worth more than another man's oath」，這句話可譯成「王者一句話，勝過他人的誓言」，日本也有一句意思相近的話：「麻雀千言萬語，不敵鶴一聲長鳴」。最高經營者還是必須要有自己的見解才行。

check!

■ 只要有全球化的視野，身邊永遠會有成功的機運。

■ 生意人一定要依據經驗而有自己一套見解，身為經營者更要如此。

世界共通的真理！
生意人要樂觀積極

亞里斯多德說過：「人類是唯一會笑的動物。」我們沒道理不善用這份力量，在談生意時，笑容是最初、也是最後的武器。

位居指導者，最重要的是微笑

所謂的工作，其實是苦多而樂少的，尤其是接近交貨期限，大家都是緊皺著眉、拚死命地努力。有時被客戶或上司責罵之後，還得沒日沒夜繼續打拼，也看不到盡頭。所以需要從旁不時激勵打氣，主管得要率先以開朗的表現來營造有活力的職場氛圍才行。

這也是盛田先生教我的最大教誨。他說：

「經營者一定要開朗，站在企業最上位的人，不管面臨多麼辛苦的局面，在部下面前絕對不能擺出一張暗沉的臉，就算裝也要裝出開朗模樣。如果連上位者都沉著一張臉，這氣氛會傳染給員工，整個公司就會籠罩於低迷的氣氛當中。」

真是名言呀！每當我在國外被人家問到「盛田先生是怎樣的人？」，我最先想到的就是這些話。我也跟前美國運通及IBM董事

長、也是《誰說大象不會跳舞？》（Who says elephants can't dance?）的作者Louis V. Gerstner, Jr.，以及AOL共同創辦人Stephen M. Case說過這些話，他們也深有同感。

身體力行而後行為改變，連個性都跟著不同

所謂的「開朗」，是指「爽朗、客觀」，正是盛田先生的個性，這也是他與生俱來的天性。有些字典會將此字譯成「innate cheerfulness（person）」，但是也有更簡單的說法，例如「natural optimist」（天生的樂天派）、「happy-go-lucky person」（無憂無慮者）等，只從字面應該能理解吧？慎重起見，針對後者再查一下英英字典，結果是「a person who is happy all of the time and does not worry about anything.」。

依盛田先生的說法，若本性不是開朗的人，也可以裝出開朗的樣子，仔細想想會發現這句話是有矛盾的。那大家只要「裝開朗」不就可以了嗎？

這是極為膚淺的想法。裝成是一個好人，只能帶來外在的變化，但是，學著表現出像一個天性開朗樂觀的人，不久之後會打從心裡也變得積極向前。周圍的人也會受到這種特質的吸引。

盛田先生說：

「若裝出天性開朗樂觀的話，連自己都會受騙，而真的變成開朗的人。」

這是當然的！身為一家公司之首，責任會隨著員工數而愈加重大，跟一般上班族比起來，真的是非常辛苦。也因為擔負著「重責大任」，越大的企業就越常見到被工作壓垮而失去健康或被逼到自殺的案例。

> 「An executive should be an optimist. If you really are a pessimist, you must pretend to be an optimist.」
>
> （經營者一定要樂觀！就算本身是悲觀的人，也一定要裝成是個樂天派。）

微笑能召喚幸運，是世界共通的真理

這句話並非只針對社長而已，即使只帶領一個部下也適用這個道理。位居世界頂尖企業高層、性格嚴謹出了名的Louis，對於這個說法極為認同的頻頻點頭。所以，我有時也會展現出從旁人看來近似「childish」（幼稚）的態度。

在我當上Intuit Japan公司的社長並第一次到公司上班時，我嚇了一跳。大家默默地對著自己的辦公桌工作，氣氛實在太陰沉了。於是，我不加思索地向帶我認識環境的人事主管說：「是有哪位過世了嗎？」，半開玩笑地這麼問。這樣的氣氛會讓來訪的人認為是「沒有霸氣的一家公司」。

不是應該凡事「笑口常開、和氣生財」嗎？譯成英文可以這

麼說：

> Laugh and grow fat.

　　心寬體胖。但若聽到多笑會胖，應該有很多人會退縮吧？在現代的日本及歐美社會，豐滿已經不再代表幸福，但在印度等地仍然認為幸福豐足的人大多身材豐滿，肥胖也被視為富裕的象徵。實際上，笑對健康也有好處，對心靈層面的好處不用說，笑可使血液更加流暢、提高免疫力、鍊腹肌及橫膈膜，還能讓排便更加順暢。

　　咦？這樣不是會瘦才對嗎？我撫著充滿肥油的鮪魚肚笑了出來。笑是化解紛爭的最好力量，我也常常會順口說些冷笑話而讓年輕人聽了都一臉尷尬，但這的確是打破人與人藩籬的好方法。

check!

- [ ] 即便是天性悲觀的人也要裝出樂觀開朗的模樣，此時英文比日文更容易表達自我。
- [ ] 因為「笑是最好的良藥」，所以我越來越健康。若是能笑口常開，人們也會主動向你靠攏。

比起流暢，更要清楚易懂。
說話時要有抑揚頓挫

對生意來說，持續不輟是最重要的事，公司就是我們的家。語言魔
術師編織出來的短語，讓資本主義帝國的美國都不禁肅然起敬。

憑藉著不流暢的英文取得信賴

現在有很多書籍都會附上原音重現的CD，輕鬆就能了解盛田
先生是怎麼說英文的。不過，最容易的管道莫過於是觀看Youtube網
站上盛田先生的受訪影片。盛田先生於1990年接受美國ABC電視台
平日深夜節目「Nightline」的訪問，可在網路上看到接近30分鐘的
完整影音內容。

節目約一半時間是介紹當時索尼的活動狀況及公司歷史，剩
下時間則是盛田先生的訪談內容。畫面有附上字幕，節目主持人
是有名的專欄作家Ted Koppel，他清楚的傳達許多訊息。

現在再看這段內容，就能十分了解對非英文母語者來說，與
其能說流暢的英文，倒不如說話時要確實加上抑揚頓挫才是更重
要的。

也就是說，盛田先生的英文完全是Japanglish（日式英文），應

該說是「Moritanglish」（盛田式英文），他那獨特的名古屋腔調都帶進英文裡了。在節目中，盛田先生主要是談日美兩國企業在本質上的不同。

> 「I found a basic difference between Japanese businessman's attitude and American businessman's attitude. In this country, many times corporation or company is for elite top management.」
> （我發覺到日美兩國的企業人士在基本態度上的差異。在美國，通常公司或組織都是爲了精英的經營高層而存在。）

盛田先生繼續說。

> 「In Japan, corporation or company is for group. That means all company employees, including top management.」
> （在日本，公司組織是爲了團體，也就是包括了經營高層的全體員工而存在。）

其實，在盛田先生的演講及訪談中常常用到「In Japan」的表達方式，由此可知他的心中常懷日本。

在美國電視節目表達日本立場的民間外交官

　　雖然我很懷疑現在索尼是否還遵循著這個想法，但是直到上一個世紀為止，日本大部分企業都是抱持著這樣的意識。在訪談的中段，盛田先生也針對資本主義的美國經營者及作法提出批判。他說：「這樣會比較快賺到錢，只要運用資金就能獲利，但結果就是把公司當成日用品似的買來賣去。」

　　盛田先生毫無疑問的是個創業者，所以對於只為近利而輕易賣掉公司這種事完全不考慮。胸懷壯志的盛田先生，一心只想著要把索尼擴展為國際性的大公司，後來累積了約2千億日圓的個人資產。其實，他出身於愛知縣規模數一數二的酒廠家族，是含著金湯匙長大的小開，生活無虞，因此對錢財並不太在意。相較之下，他更重視公司。他在電視訪談中也明白說到：

> 「We feel a company is just like a family, just like home.」
> （公司就像我們的家。）

　　回到剛剛的「Moritanglish」。1976年11月美國索尼及索尼販售的VTR規格錄影帶「Betamax」，被好萊塢的MCA環球影業及迪士尼等公司控訴侵犯著作權，纏訟8年，甚至到了聯邦最高法院。當時面臨如此艱困的局面，也是由盛田先生帶頭指揮，積極對外宣傳、訴說索尼的理念，並爭取大眾認同，最後總算度過了難關。

盛田先生在這段過程中使用了「Time shift」這個表達方式，主張「VTR可以在你忙碌時保存下原本錯過的電視節目，等你之後有空時再看」。

> 「It's not movie player, it's a time shift machine.」

因此，我們賣的不是時光機器，而是時光平移機器。索尼的訴訟方針也以這個充滿盛田風格的新創名詞作為主軸。

家庭內的Time shift（因錄下節目而造成觀賞時間的差異）是「share use」（公正的使用），不算違反著作權法。因為這樣的訴求，成功獲得了消費者的理解，進而引領了以電影作品為首的影音商品時代，好萊塢也樂見其成。令人感到盛田先生真是語言的魔術師。

check!

■ 英文和所有的語言一樣，都具有地區性及個人說話方式的差異，所以不須過度在意。

■ 心中不忘祖國，巧妙地以英文表達出主動意識，任何人都可以化身為自己國家的代言人。

演講的重點是 comfortable

英語會話的真諦就是要感到愉悅舒服，最重要的是要讓對方聽得輕鬆，自己說得容易。美國的政治家可作為很好的模範，當然，這是因為他們背後有很優秀的撰稿人。

融入文化元素，是精通英文的捷徑

在第二章曾介紹到高濱贊先生，他打從心底喜歡美國，是約翰‧韋恩的忠實粉絲，他的夢想就是以華盛頓駐外記者身分撰寫報導並刊登在報紙上。在越戰打得如火如荼的時候，有一名非軍人身分的日本人替美軍運送物資，而喪命在越共（越南南方民族解放陣線）之手。因為這起不幸事件，讓高濱先生得以運用優異英文能力，實現他的宿願。他之前在橫濱分部擔任記者時，曾取得橫須賀美軍基地的採訪許可，他憑著那張許可，比外務省更早獲知那位犧牲者的姓名。因為這個獨家新聞，他隨即調回總公司社會部，而且破例讓資歷僅有5年的他正式派駐到華盛頓分部。

當時，華盛頓分部的駐外記者是以40～50歲的人為主，血氣方剛的高濱先生會叫我帶著睡袋一同去參加反戰聚會，他的新聞稿

也時常被登在頭版。他是個積極向前的人，說話時常用：

「Why don't you...？」

（為何不……？）

而更簡單的說法就是：

「Why don't？」

（當然好啦！）

演講時使用讀稿機是必要的

我待在華盛頓分部的時期，曾在高濱先生的公寓裡和他一邊喝啤酒、一邊看著1972年美國總統大選民主黨候選人埃德蒙・馬斯基的電視演說。美國政治家和企業家一樣都善於演講及簡報，完全不看稿子，以眼神接觸和肢體語言一邊看著聽眾的反應一邊說。馬斯基也是完全不依賴稿子，直盯著攝影機向民眾訴說他的政見。我覺得很佩服，就說：「果然，要選總統的人就是不一樣，完全都不用看稿子的！」高濱先生笑著說：「在美國，他們會使用讀稿機來唸稿，在日本還沒有這種東西。」那是裝在攝影機上的塑膠製反射板，叫做Teleprompter，可以放映出原稿，看著那

個板子讀稿，會讓觀眾以為演講者是看著自己在講話。

最近有很多人在做簡報或演講時也會使用讀稿機。我記得最近一次看到是在2013年9月，促成東京奪得奧運舉辦權的場合上。那時，安倍總理上場演說，我看了之後覺得他的英文變好了，但其實是在英國顧問的建議下，所有上台簡報的人都使用了讀稿機。這是很理所當然的戰略。安倍總理在2014年12月在總理官邸發表談話時，也首次用了讀稿機，於是可以流利說明與ASEAN東協各國領導人開會的成果。

連美國總統用自己國家的語言演說時都會借用高科技，日本人用英文演說時更該要使用。還有，在歐美國家發表專業的演講時，都是由文膽來撰稿，這是基本常識。不管是總統還是官員，或是企業CEO，都會有專門的撰稿人。在國際性公開場合中演講或簡報，其表現好壞會造成重大影響。為了得到最大的效果，應該策略性的使用讀稿機，並且雇用有才能的撰稿人。

面對突如其來的情況，美式作風都先以一句「這是個好問題」應付

最近我在國外用英文演講時，也會一邊與專業撰稿人討論一邊完成講稿，撰稿人教我盡可能在演講前段加入笑話，先抓住聽眾的注意，後半再將自己想表達的內容明確說出來。

通常演講完後是問答時間，這部分是無法事先寫稿的，但撰

稿人也給了建議：如果被問到敏感問題時，往往不容易回答，即使如此先恭維一下對方。若展露出不悅表情來回答問題是最糟糕的。所以要先這麼說：

「Thanks, that's a good question.」
（謝謝，這是一個好問題。）

雖然有時提問的內容早在講者預料之中，但是一般狀況下會回這句話都是因為一時答不出來。當我們被問到有點困擾或是很尖銳的問題時，都會想敷衍帶過去。這麼說其實就是有「你戳到我的痛處」（You hit [touched] a sore spot或You hit a sensitive nerve）的含意。政治家也會用這樣的說法來拖延回答時間。《Leaders英日辭典》裡也這麼寫：

「對於難以立即回答的問題，回以：『That's a（very）good question』，這真是一個好問題（面對難以回答的問題時，用來拖延時間所使用的常套句）。」

也可以笑著說：

「Wow, that's a tough question.」
（哇！這真是一個艱難的問題。）

撰稿人的工作是以我常用的詞彙和說法寫成講稿，然後再一起將比較難發音的詞改成我慣用的說法等，大概需要花一週的時間來調整，最後完成一份對我來說最舒適的演講稿。對講者本人來說，comfortable這一點最重要，要多花幾次功夫朗讀出來，再修改成自己好念的稿子，修正時會記住內容，到了正式上場時也就不必低頭看講稿了。

那麼，誰是我的英文講稿撰寫人呢？

當然就是高濱先生了。我不只將高濱先生視為自己學習英文的精神導師，現在也仍是我個人的經營資源。簡單說來，某種程度上我現在還是持續當個小跟班。

check!

■ 事先「寫好稿子」，但要大量轉換成口語表達時容易上口的說法。學習並沒有捷徑。

■ 即使被戳到痛處，還是要笑臉回應：「真是個好問題」。以從容態度來爭取時間（但同時腦袋要全速運轉）。

對經營團隊當頭棒喝：
入境隨俗！

說服愁眉苦臉的老闆，在「選擇及集中」的策略上成功，成功買下公司！

捨棄已走下坡且不受歡迎的主力產品

當我於2000年11月進入Intuit Japan時，最大的使命就是要解決QuickBooks（QB）這個會計軟體的銷售不振問題。QB在美國賣得很好，市佔率號稱高達7成，但是在日本卻成績平平。失敗的原因就跟GM通用汽車在日本的情形相同，都是因為行銷方式沒有在地化，只是複製原產國的方法。

雖然不至於有赤字，但是難關就擋在前方，於是我在擔任社長半年後，對總公司大膽地提出改善策略，第一步就是停止在日本販賣QB，接受到的反彈聲浪一如我所預想的劇烈。

總公司經營團隊認為，QB在加拿大也賣得很好，在日本也應該理所當然地賣得出去才是。但是，日本公司在會計處理與銷售管理，習慣使用不同兩套軟體來處理，QB卻是將這兩類合併在一起，讓日本的中小企業很不習慣。商品本身忽略了在地化的商業

習慣，當然也就賣不出去。

Intuit Japan是在1997年由Intuit總公司統合兩家本地公司而成立，分別是1978年創業的日本Micom公司，以及1980年創業的Milky Way公司。日本Micom公司在1987年開始販賣的會計軟體「彌生」，獲得市場廣大的好評。若將行銷集中在這個壓倒性強項產品的銷售上，一定會很有效率。

明白指出「國王沒穿衣服」

對於我提出的大膽提案，幹部們只是相互對望。就連這場經營會議的主席、也是公司創立者的Scott Cook也維持著左手托著下巴、右手拿鉛筆的姿勢，彷彿定格似的靜止了動作。

我在Intuit總公司的Management Committee（經營會議），也發表了日本分公司的裁員計畫。

> 「To be betrayed by a trusted follower.」
> （被自己人背叛。）

這大概是Scott的心境吧！本以為自己開發的得意產品QB應該也可以在日本熱銷，結果三顧茅廬請來的傢伙卻推翻了自己的策略。但Scott畢竟是個大器的人，幹部們窺伺他的臉色後對我說：

「Up to you！It's your job！」
（你決定吧，這是你的分內工作！）

　　我當場表達了謝意。但自此之後，總公司和日本分公司之間就漸漸產生了分歧。這是一家100%美國資本的公司，卻終止販賣美國製造的產品，而販售100%日本製造的產品。這就好像可口可樂在日本不賣可樂，而改賣彈珠汽水一樣。

　　外資企業總公司董事長必定會有不可退讓的底線，我希望他能明確告訴我，對於執掌日本分公司的我來說，第一要務究竟是要讓產品賣得出去？還是要創造盈餘？最後，我是這樣說的：

「Don't tell me both. I am not a genius.」
（不要跟我說兩種都要，我不是天才。）

　　大部分的總公司董事長面對像我這樣「被雇來重整公司的人」說這句話，大概都會回答「要有盈餘」吧。實際上，我從Scott得到了「交給你處理」這句保證，也得以改變公司「每年賣同樣的商品給相同顧客」的經營模式。

放下日本公司才是致勝的開始

在Scott應允由我全權處理的1年後，也就是2001年9月初時，擔任總公司CEO的Steve Bennett突然打手機電話給我。

雖然我和他固定每個月會開2次conference call（電話會議），但通常是由彼此的秘書在會前1週敲定日期，所以當我第一次接到Steve的電話時嚇了一跳。Steve說：

「We decided that we were focusing on a domestic market.」
（我們決定要將戰力集中在美國市場。）

言下之意就是要退出日本市場。Steve繼續說：「與其關閉Intuit Japan，賣給他人也是選項之一」。解散日本分公司是無所謂，但是「彌生」的銷售好不容易才見起色，要這樣拱手讓人，實在很懊惱。我突然想到：

「Let's just say that our employees can buy our company.」
（如果說，讓我們員工來買自己的公司，可行嗎？）

Steve回答：

「That's an idea.」

（或許也是個好點子。）

　　Steve和負責併購的副社長談後續步驟，該月中旬就達成雙方同意，由管理層收購（MBO；Management Buy-Out）來買進Intuit Japan。因為是用MBO的方式，所以必須要找合作夥伴，在這件事上面我也受到很多人情上的支援。估算MBO收購大約要花100億日圓，我們從幾個有意收購的候選者中，選了獨立投資基金Advantage Partners（AP）。AP曾經參與Daiei超市的重整，以及Pokka（百佳公司）、Komeda連鎖咖啡廳、WILLCOM及Meganesuper（眼鏡超市）等的MBO，成果豐碩，每每成為話題。

　　1990年創辦AP的共同創辦人之一Richard L. Folsom曾在楊百翰大學研讀日文及經濟學，也曾在貝恩策略顧問公司（B&C；Bain&Company）的東京辦公室工作，還在全美首屈一指的賓州大學華頓商學院取得MBA。

　　Richard和我在索尼時期的後輩前刀禎明是B&C的同事（前刀後來擔任活力門首任社長），所以我們兩人很快就熟識了。不久，在MBO之後，Richard也成為了彌生公司的董事。

　　Richard是虔誠的摩門教徒，在1980年代初期以傳教士身分來到日本。他個性誠實且有人望，所以吸引了B&C和麥肯錫等一流顧問公司的眾多人才，希望與他共事。當時我的想法是，如果AP要

求必須付費才能提供經營上的支援，至少要花上1億日圓，然而若和AP共同合作，就可以免費諮詢。

Richard的日文十分流利，不太需要以英文跟他溝通。其實不只是Richard，和精通日文的外國人說話時，常會一時搞不清楚該說日文還是英文才好。我通常都是這樣判斷的——如果對方的日文比我的英文好，就使用日文交談，但若我的英文比對方的日文好，那就說英文。但我一次也沒對Richard說過英文。實際上，他的日文比我還好，他連證券企業的公開募股說明書都能快速閱讀，那可是密密麻麻且長篇大論的日文內容呢！

雖然自從2010年7月起「公開募股說明書」可大幅簡化，已經變得很容易閱讀、理解，不過，像是記載詳細條款的「票券募股說明書」還是難以閱讀，會讓投資客讀到想哭。

回到主題，最後我以95億日圓得標買到Intuit Japan，其中AP出資40億日圓，管理層及員工股東出資5億日圓，再跟銀行貸款50億日圓，辦理了LBO（融資併購）。2003年2月，Intuit總公司與AP的合約也結束了，Intuit Japan獨立出來，以彌生股份有限公司之名重新再出發。

check!

- MBO就是收購公司整體未來性，只要公司有充分的資產價值，就能跟銀行融資數十億，也能馬上還清。因此我決定買下公司，賭上這場賭注。
- 或許一切都在神的掌握之中吧！絕對不能輕易放過降臨到自己身上的好運。

美國菁英學生口中的
「How stupid are we！」

史丹佛大學是全美屈指可數的頂尖大學。我接受該校學生的採訪，
但不知不覺變成我在反問他們，讓他們啞口無言。

應對優秀人才的發問攻勢

知名記者竹村健一曾經以「日本的常識就是世界的非常識」
這句話來批判日本社會。但是，日本人的適應力其實很好，很有
「Adaptation」的意識。也因此，電子工業及Walkman才能席捲全
球，而美國因為本位主義，只能看見外在事物，才會反覆失敗。

在我擔任活力門社長時期，2007年夏天我接受了史丹佛大學
MBA學程的學生採訪。

他們利用暑假到日本實習，不僅走訪京都和奈良，還安排了
訪問日本企業的計畫。他們選擇了全球最大的汽車公司TOYOTA，
以及聲勢如日中天的電信公司docomo，這是很理所當然的安排。而
當時，活力門嚴重違反證券交易法的事件在美國也很有名，據說
成為了最多學生想來參訪的地方。

史丹佛大學的畢業生創業比率很高，像是Google的謝爾蓋・布

林以及賴利・佩吉等稱霸矽谷的人才都出自該校，與其說這些學生是對活力門事件感興趣，倒不如說他們對於日本知名的IT公司感興趣吧！

於是，2位教授與36名學生帶著印有史丹佛校徽的旗幟及鄰近該校的納帕產區葡萄酒，來到六本木Hills參訪。那瓶紅酒的品牌是Opus One，號稱是「波爾多與加州風味的完美結合」，是極高級的葡萄酒。

我興奮地脫口說出：「You guys are really rich. Aren't you？」（你們真是有錢學校的學生啊！）

結果，不知道哪個學生問「你這麼喜歡Opus One啊？」，我這麼回答：

> 「Yep, Opus One has been my dream wine, but I haven't tasted it yet.」
> （是啊！它一直是我心目中的夢幻酒款，雖然我至今還未品嚐過它的味道！）

大家就哈哈笑了出來。

他們對於只有我一人進會議室接受採訪感到很不可思議，主持會議的學生還問我：「沒有其他人跟你一起嗎？」

我說：

> 「Nope, everyone is very busy today.」
>
> （沒有，今天大家都很忙。）

這樣一說，大家又笑開了。聽說在其他公司，包括了口譯在內，都會有5、6人一起出席。

不擅應變的美國與善於變通的日本

我主要對他們聊了美日企業文化上的差異，以及對CEO工作認知的差異等等。在說明美日企業的管理差異時，我說到：「美國有兩種公司，一種是很好的公司，另一種是很糟糕的公司」，大家一聽都身子前傾，專注地聽，坐在最前面的學生問「這是什麼意思？」，我這麼回答。

「美國市場是全球最大的商業市場，所以在美國市場成功立足的公司，會認為他們的做法可以通用其他市場，因而常導致失敗。另一方面，一開始就瞄準全球市場，而努力為各國市場改變戰略及商品、服務的公司大多會成功。像IBM一開始就瞄準全球市場，還有像P&G推出與他國不同的廚房清潔劑與化妝品，以及為日本特別開發罐裝咖啡及茶飲的可口可樂公司，在日本都大大的成功了。可口可樂公司的可樂和芬達在日本雖然賣得不好，但在日本的整體銷售是上升的。你們在美國應該不喝罐裝咖啡和日本

茶吧？」

結果，他們異口同聲說「原來如此」，然後又問「那失敗的公司有哪些例子呢？」因為我知道日本製和德國製等進口車品牌在加州佔了大部分的市場，就隨便找坐在前面的三個人問「你們都開什麼車？」。

如我所料，三人所說的HONDA、TOYOTA及BMW都是進口車。我再進一步問：「HONDA及BMW的方向盤在左邊還是右邊呢？」他們有點驚訝地說：「為什麼問這個？」我又再問了一次。顛覆對方深信不疑的觀念也常常是吵架的原因。

「Is your car's steering wheel on the left or right？」
（你們車子的方向盤在左邊還是右邊呢？）

他們似乎還是不懂我的問題，面面相覷。其中一人說：「Not only mine but all of the cars in the States has a left-hand-side steering wheel.」（不只是我的車，全美國的車都是左駕）。我追問：

「如果，你的HONDA車是右駕的話，你會買嗎？」

大家異口同聲的回應我：「Of course not！」（當然不會買啦！）我接著說：「但是，現在賣到日本的美國車大部分還是左駕喔！而另一方面，賣到日本的德國車都是依據日本規格改成右駕。」我說完後，學生們都一副不可置信的表情，其中還有搖著

頭不相信的學生。

　　我說：「六本木路上有很多進口車，等一下回去時在路上瞧一瞧就知道了」，形同宣告了自己的勝利。即使這樣，還是有很多驚訝得合不攏嘴的學生。其中不知是哪一位說了這樣一句。

「How stupid are we！」
（我們真是愚蠢啊！）

　　在美國通行的左駕車，在日本及英國等大部分的地區都不適用，但這個理所當然的事實就連美國頂尖大學的優秀學生都無法立即接納。強迫他人接受自己國家的常識，導致在國際市場失去了品牌信任度，這就是「自傲的美國」。相較之下，日本更懂得靈活應變。

　　話說回來，坦率承認自己國家缺失的史丹佛學生們，果然是出類拔萃的人才。倘若他們加入了禿鷹基金而與我為敵的話，肯定是相當棘手的敵人。

check!

■　直搗黃龍，動搖對方先入為主的價值觀，這樣就能在爭論中取勝。

■　坦率承認自己的愚蠢，也是終結吵架的妙方，不要受限於無聊的自尊心。

知道老闆的
Bed side phone number

在還沒有行動電話的時代，要取得客戶老闆的個人電話是個禁忌，
但若能跳過部下及秘書，直接跟老闆溝通、談判的話，可以得到最
好的效果。

美國也有檯面下作業和表面工夫

有些人會說，在美國沒有日本政治家常常操弄的那一套表面
工夫及檯面下作業，會這樣說就代表他其實不是很懂美國的真實
情形。

在美國版的Wikipedia中也有提到「Haragei」（日文「腹藝」的
發音，意指表面工夫），敘述如下：「a form of rhetoric that is intended
to express real intention and true meaning through implication」，大概可譯為
「將真正想要傳達的含意以隱晦方式呈現」。

美國人向來都是「shoot from the hip」，凡事不假思索、做了再
說，是西部牛仔社會的理論。在財團及政治界也和日本一樣盛行
表面功夫，檯面下作業、私下疏通、私相授受的情形很常見。

我自己本身也體驗過好幾次，比起透過會議定案，更多時候

是在午飯餐敘的場合就暗地說定重要決議。

在歐美也還是有真心話和客套話的分別，互相促膝之後就說起了悄悄話。

「Having said that, truly I think it's very difficult.」
（雖然表面上那樣說，但實際上我認為不太可能達成。）

在會議場合上表示贊同，私下卻大肆批判；或是正好相反，在私下表示同意等，有各種不同的狀況。如果在當場沒有充裕時間好好談話，即便是初次見面的對象，也毫不避諱地單刀直入地問住家電話號碼。倘若不好意思直接問本人，也可以透過秘書等管道取得號碼。

常在美國電影裡看到這樣的場景──大人物在睡覺時接到記者打來的電話，驚訝地問：「你怎麼知道我家電話號碼？」具有強大情報網的人，反而會因此得到高評價，會被認為手段高而不願與之為敵。若在商場上，想私下接觸對方時，就要請教對方的書房或房間電話號碼（Bed side phone number，現在來說就是手機號碼），後續就可以直接聯絡。

別想找藉口

若能夠站在彼此的立場，會比較容易溝通。

> 「If you were in my shoes, what would you do？」
> （如果你站在我的立場，你會怎麼做？）

　　鞋子可以如實表現出一個人的身分地位，所以英語當中才會有這樣的表達方式吧！美國人看待階層的方式很不留情面，也常用以下這句話來拒絕他人的要求。

> 「If I got pay that you got, I could do anything！」
> （如果我領到的錢跟你一樣多的話，我什麼都做。）

　　這麼說來，1932年的「五一五事件」中，當時的首相犬養毅對叛亂軍說：「有話好說！」，隨即中彈倒地，這句話常被譯成：

> 「We need to talk.」

　　這是緊張場面時的常用句，更簡單的說法是：

> 「Listen to me！」

138

所謂民主主義的精神正是如此，但是對於襲擊官邸的叛亂軍，只回了一句：

> 「No ifs, ands, or buts！」
> （別想找藉口！）

然後擊斃了首相。人在解釋理由時會說「但是」（but）、「可是」（and）、「如果」（if）等詞，但這句話完全否定了解釋的餘地。語意相近的類似說法是：

> 「There is nothing anyone can say.」

也就是「沒有辯解的餘地」。雖然我也常常碰到，但還是不願想像當夫妻吵架時，被對方堵上這一句話時的情景，真是百口莫辯。所以，我在吵架時常說「我投降」來道歉。

> 「I am sorry. There is nothing I can say.」

日本有句諺語說：「下過雨的土地更堅固」，用英文來說的話就是：

「After a storm comes a calm.」

　　爲了彼此能眞的相互理解，現在就要把話說清楚，即使吵架也要說明白，人生總會經歷過幾次這樣的場面。要是連架也不吵，那麼要做到和解就更難了。但是另一方面，「After a calm comes a storm」也就是「暴風雨前的寧靜」。明明內心憤怒不滿，卻裝出一副笑臉跟你握手示好。尤其是那些在升遷競爭上勝出的人都是這種傢伙。其實在本質上，日美兩國並沒有很大的差異。

check!

■ 要否定對方的發言時，或是要說出自己的本意時，使用「Having said that」（話雖如此）是很方便的表達方式。

■ 以「in someone's shoes」來強調彼此的立場，互相找尋妥協點。

■ 「No ifs, ands, or buts」能夠讓對方閉嘴，把這當作爭辯時的最終武器。若面對地位同等的人，用這句話要很小心，我個人至今尚未說過這句話。

以「OHASHIATSU」拓展廣闊人脈的朋友

Wataru 在指壓當中加入了瑜珈和伸展操的要素，使之成為流行全球的養生法，更獲得季辛吉的信賴，Wataru 究竟是什麼樣的人呢？

以指壓來拓展人脈

我有一個朋友叫做大橋涉，與他相識於1970年代，那時我們都在華盛頓DC留學。雖然念的大學不同，但當時在DC留學的日本人大多都互相認識，我們很快就成了好朋友。

大橋的指壓技術高超，甚至被稱為「Shiatsu Master」（Shiatsu是指壓的日文發音），他師承指壓創始者浪越德治郎的嫡傳弟子增永靜人。增永老師曾於1977年在美國出版了《Zen Shiatsu》（禪指壓）一書。

但其實並沒有「禪指壓」這個領域，國外只要碰到與日本有關的東西，什麼都要冠上「禪」。起初是在1962年曹洞宗（日本佛教的一個流派）於舊金山開設了禪中心，以此為開端，在美國西岸與反越戰活動及嬉皮文化結合，廣泛擴展開來。像賈伯斯從70年代起就是著名的禪學信奉者。

以學生時代培養的特殊技能來謀生的 Wataru

若看看在美國體驗過指壓的人所寫的評論，你就會發現只要與日式美學或日本精神相關，對美國人來說都會解讀爲「禪」。禪、空手道和武士是日本人的典型形象，被認爲帶有東方的神秘色彩。只要利用這個形象，就很容易討美國人的歡心，比如隨口說一句「I practice Karate」（我在練空手道），就能避免不必要的糾紛。

大橋因爲喜歡指壓，從學生時期開始就享到不少好處，他在名流們專用的The Watergate Hotel Sport及Health Club幫人指壓，賺取高額的打工費用。大橋收到薪水後，就會邀請我到他租的公寓，用當時很昂貴的米飯做成日式大餐。

不久，他在紐約發想出一套結合指壓、瑜珈、伸展操的「OHASHIATSU」，進而推廣出去。而他之前所建立的寬闊人脈就成爲完美的宣傳管道，像是前國務卿季辛吉、女明星麗莎‧明尼利、《華盛頓郵報》前董事長凱瑟琳‧葛蘭姆等人。季辛吉自從做了心臟繞道手術後，一直因藥物而深受後遺症之苦，在大橋的指導下得以恢復健康，自此便十分信賴他。

我在擔任美國運通的副社長時，季辛吉先生也是外部董事之一，所以我得以有機會和他交談。一談到大橋，他就一臉很認眞地說：

> 「Even if the President asked me to fly to Russia tomorrow, I would never accept it, if Wataru wouldn't allow it.」
>
> （如果總統要我明天飛俄羅斯，我也要得到Wataru的同意才會去。）

連總統顧問都崇敬的 Shiatsu

曾經身為前總統尼克森及福特的輔佐官、在白宮呼風喚雨的男人竟然如此依賴大橋，讓我深切感受到「手指跟嘴巴一樣都是交際工具」。

幾年前，大橋曾回日本一陣子，他來我家作客時提到這件事，他說：「每天以瑜珈加上伸展操來刺激內臟器官，再透過食用少量的熟蔬菜搭配雞肉或白肉質的魚肉，幾乎任何疾病都可以因此痊癒喔！」因為心理壓力而大吃大喝來紓壓，也是導致疾病的原因之一。季辛吉確實遵守大橋所叮嚀的養生法，1923年出生的他已經92歲了，現在依然健壯，2014年9月還推出了新書《World Order》（世界秩序），但是健康才是所有人企求的目標，或許這才是真正的國際共通語言吧！

某次去寮國旅行，因為英國出版社Lonely Planet所出版的旅遊書中，寫到在寮國森林中的寺廟有三溫暖，就去走訪看看。有兩位約30多歲的女性外籍遊客走在我前面，口中像是在說法文，我雖不懂法文，但聽到她們提到「OHASHIATSU」及「WATARU」這些單

字，但因為對方是上空裝扮，我不知該把視線往哪兒擺，就望著別處問她們。

「Perhaps, both of you talking about Wataru Ohashi in New York？」
（妳們該不會是在說紐約的大橋涉吧？）

結果，她們「哇！」的一聲，連連驚呼「Oh！my god！」，原來她們兩人都是大橋所經營的健身機構「Ohashi Institute」法國分校的學生，也受過他的指導。多麼奇妙的巧合啊！不過，後來和裸女們的後續故事在此就不多說了。

check!

■ 外國人對日本的刻板印象是壽司、天婦羅、藝妓、富士山、動畫、漫畫、可愛等等，有你能夠發揮的地方嗎？

■ 美國人也能理解打禪問答，為了在單字的串聯上有脈絡及深意，要以禪的精神沉穩地與外國人聊禪。

Chapter 5

外商公司
資歷論

Foreign-affiliated
carrier theory

想要一個能盡全力發揮的環境。
這是我轉職的理由

要不要轉職到盛田先生擔任代言人的美國運通公司呢？這樣的誘惑令我苦惱，最終還是決定接受，因為想為自己的職涯賭上一把。

從無人不知的索尼，到尚在起步的公司

我在1986年、剛要滿40歲前，頂著A big shot（大人物）的稱號進入了美國運通公司。這家公司以發行旅行支票和信用卡而聞名全球，最早是1850年以在車站用馬車運貨的業者起家，歷史可說相當悠久。

1980年將信用卡事業拓展到日本市場，1983年開始對一般大眾發行信用卡，以美國職業高爾夫球選手傑克·尼克勞斯為代言人，在廣告開始就問「Do you know me？」，結束時用日文說「出門別忘它！」在廣告強烈放送下，給大眾帶來極大的衝擊印象。

其實這句「Do you know me？」和「出門別忘它」（Don't Leave Without This）是全球通用的口號，1985年盛田先生拍攝的美國版廣告當中也有一樣的台詞，當然是用英文說的。

廣告當中，盛田先生的身影出現在索尼的口袋電視螢幕

上，並且說：「就算你不認識我這張臉和我的聲音，但你一定知道我的電視和音響」，然後本人才出現，一邊說：「Don't leave home without this and this」，先出示美國運通卡，接著再拿出索尼的Walkman，多麼帥氣的創意。

想要跳脫萬年第二名的位置

這個質感不錯的廣告在美國播放時，我剛好受到獵人頭公司的勸誘，隨即轉職到美國運通公司。我為什麼要離開索尼呢？它就像是紐約洋基隊一樣，陣中聚集了許多足以扛第4棒的一流選手，我相當明白自己排不到第一順位，所以我開始描繪second dream，運氣也不錯，剛好美國運通公司找我過去。

我常常用運動賽事做比喻，這樣比較容易懂，即便你在甲子園高中棒球聯賽揮出全壘打，即便在全國高中足球聯賽中出場，但在職業領域中一定會遇到實力更堅強的選手，自己只能坐冷板凳。所以我決定成為自由球員，邁向新的挑戰。

「Seek the second best！」
（找尋第二志願！）

我不想和像鈴木一朗或基特那麼強的選手為敵，應該有其他球團會需要我吧。或許是獵人頭公司聽見了我的心聲而找上門

來，我想要自己做生涯規劃的心意更加強烈。當時的日本企業還是有終身雇用制，所以要離開公司還真需要一些勇氣。但是，在索尼工作13年，37歲時就當上課長的我，相信已經有資格成為自由球員。

最近，有越來越多的日本人運用自由球員權利，也成為一股社會趨勢。然而，美國職棒界的人才更新狀況更興盛，在球季中更換球團也不稀奇。職場的情形也一樣，換工作這件事在日本會有負面印象，在美國則不然。優秀的獵人頭公司要懂得挖掘人才，外資公司也借用他們的力量更新人力。像我在獨立創業之前，也轉換過好幾個職場，像是IDG Japan、AOL Japan、Intuit Japan。

我辭掉索尼的工作時，正好迷上自行車公路賽，很多人問我辭掉索尼的理由，我也半開玩笑半當真的以這個理由作為回答。我是30歲左右開始參賽，不管參加多少次，通常在150名選手中都只能排15～20名。因此我這麼想：

「我雖然不能進到領先集團中，但必定可以保持在第二集團的最前面。仔細想想，我不管在學生時代的成績表現或在索尼時的工作表現都是如此。」

想要一個有盡力付出就有回報的環境

在索尼當上課長時是37歲，其他擔任課長職的人大多都超過40歲，這麼看來我也不算差。但是，以那些優秀的同事中，有人在35

歲就當上課長，我還是居於人後。

　　某次參加自行車公路賽，在下著大雨的險峻狀況下比賽，我拼命踩著踏板，在一場混亂之中緊跟著領先集團的屁股後頭，最終獲得第8名。那是我第一次真心體會到「竭盡全力就沒有後悔」。我雖然沒有特定的宗教信仰，但心境恰如以下這句話。

「Do the one most likely, and God will do the best.」

　　「只要盡力做好自己的本分，神也會助你一臂之力」，美國人不管有沒有信仰，也都會說出類似的話。那麼，是因為我在索尼工作的期間不夠努力，所以才沒有體驗到充實感嗎？我不禁對自己發出這樣的疑問。反過來想，也能轉為對於未來的一種決心。

「I will give it all I've got.」
（我將付出所有心力。）

　　我毅然決然地做出判斷。就像是從日本職棒最強隊進而去挑戰美國大聯盟一樣。進入美國運通公司後，剛開始的職銜是「出版總監」，也就是製作會員誌的負責人，不僅薪資提升，還有自己的辦公室及祕書，待遇並不差。

但是，內心深處還是感到自己在索尼不夠格當先發選手，在這兒是否也會這樣？心底的糾葛一直持續著。

■　以運動賽事來比喻商場的話就比較容易懂，從中來思考自己的位置。

■　若是被超優秀的人包圍，感到無容身之地的話，找到「第二志願」也是不錯的選擇。

被能幹的前上司稱讚
而發憤圖強

美國的生意人真的很會激勵人，不知不覺就被激出幹勁，然後還被
引導到下個職場……。

傳聞中的「big shot」是眞的嗎？

我進入美國運通時，當時的社長並不是前文提到那位害怕河
豚的Steve Freedman，而是James A. Firestone。James是一位非常優秀的年
輕人，一路順利地平步青雲，所以很快就被調回美國總公司。不
久前擔任全錄公司上級副社長，現在也兼任該公司的企業戰略室
及亞洲事業部部長。

James畢業於喬治城大學（Georgetown university）埃德蒙・A・沃
爾什外交學院，之後取得了耶魯大學經營學碩士學位，是個超級
優秀的菁英。他在1978年進入美國運通公司，工作約10年後，以30
多歲的年紀就當上美國運通日本分公司社長，也就是我的上司。

James極爲聰明，也沒見過他發脾氣。因爲他曾在早稻田大學
國際學部留學過，所以一進到居酒屋，就會以道地日語說「麻煩
來杯啤酒」，是個很難得謙虛的美國人。有次和James一起接受Saru

銀行行長的招待，去到高級日式料亭。James第一次吃到宴席料理十分興奮，稍微喝了酒變得更亢奮之後，他一直吵著「好想吃豬排飯」，讓行長很困擾，但可以看到他孩子氣的一面。

在他轉職到IBM、而我也辭去美國運通公司工作之後，他告訴我一個極機密的上級職員考核基準，他說：

> 「You were one with such high potentials！」

在機密的五等級評比中被列爲最優秀

意思是說，我被評爲五等級考核基準中的最高等級，五等級的分類方式如下：

1. High Potential（非常有潛力）
2. Potential（有潛力）
3. Fiar（合格）
4. Poor（有待加強）
5. Employment need to reassessed（檢討是否雇用）

如果是一般學業成績的5階段評定，就是「excellent」、「good」、「average」、「fair」及「poor」（優、良、平均、合格、不合格），但在這兒沒有「average」，而是在「poor」之下還加了個「開除」，令我很驚訝，沒想到自己在他們心中有如此高的評價。1992年時，有個機會找上門，美國知名獵人頭公司Korn

Ferry International的社長約我見面。

她是橘・Fukushima・咲江小姐。她擔任過該公司的日本負責人，現在則是亞太地區的最高顧問，也兼任過三菱商事、味之素、Bridgestone及索尼等大企業的外部董事，是一位實力堅強的女性經營者，也有很多著作。她的先生是第三代日裔美國人Glen・S・Fukushima，在80年代時是美國貿易代表處對日政策的負責人，曾在AT&T等公司工作，也擔任Airbus S.A.S.（空中巴士公司）的董事長。我與Glen是舊識，早在他拿傅爾布萊特計畫獎學金到東京大學留學時就認識了，但和咲江小姐則是第一次見面，她提到了「5個基準」。她說：

「實際上，我目前正在尋找IDG日本分公司的董事長人選，您是否知道有沒有人能滿足我待會提到的5個基準呢？」

誠實的回答，就會被坦率的接受

IDG（International Data Group，國際數據集團）總公司在波士頓，專門研究資訊技術、媒體、市場研究分析等層面，是一家全球約有1萬4千名員工的大企業。在日本的知名度雖不高，但所出版的雜誌《個人電腦世界》（PC World）在全球80幾國都有發行。雖然該公司在1980年進入日本市場，但是日本分公司在經營上一直是赤字。

咲江小姐所提到的5個基準如下：

1.　曾擔任總經理的經驗

2.　具備IT產業及出版界的知識

3.　擁有IT產業及出版界的人脈

4.　有優異的領導能力

5.　懂得雙語／雙文化（Bilingual/Bicultural）

現代的電子書籍內容很豐富，出版業界也積極善用IT，但在當時像這樣跨領域的媒體還尚未成立。我自己本身在索尼經手過電腦業務，也在美國運通製作過雜誌，但沒有IT相關的出版經驗，我稍微沉吟一下後回答道：

「要有IT及出版兩方面的經驗，還要懂雙語及雙文化？能滿足這種條件的人，應該是像Softbank的孫正義先生或ASCII的西和彥那樣的人才吧？」

咲江小姐之後沒有特別再說什麼就回去了，但是過一陣子之後她又來找我，滿臉笑容的說：

「平松先生，您願不願意擔任IDG Japan公司的董事長？目標是在3年內讓赤字轉為黑字盈餘。為此要徵求有能力的經營者，請務必考慮考慮。」

一如傳聞，咲江小姐的說服功力很高超，而這是我第一次接到CEO職位的邀約，我的心情在動搖。但是，為什麼找上我？

「前幾天您對於5個基準的回覆真的很確實，對方聽到您的回覆，也知道這不是件簡單的事，而且從您的回覆得到了靈感。」

　　對方都已經這麼賦予期望了，我也難以拒絕。之後我再閱讀咲江小姐的書，書上真的都是名言，還有一段是這樣寫的：

　　「如果找不到努力的目標，就跟昨天的自己競爭。不管是什麼樣的工作，只要參與其中，就一定能夠讓自己產生一些改變。」

　　在我心中隱約感受到的想法──「跟自己比賽」，被咲江小姐清楚的點出來。眼前出現了認可我、需要我、且為我架好了橋梁的人，對於這個挑戰我避無可避。結果，應允了邀約的我，在當年9月進入了IDG Japan。

check!

■ 不管是琉璃也好，是玻璃也好，都要有光的照射才能發出光彩的。
　人資考核不只是看現在優秀與否，還要看潛在能力。

■ 沒有能滿足所有條件的理想人才，所以才要反覆努力以⋯⋯點，更加接近完美。

「What a day！」
雲霄飛車般的一天

人生充滿無盡的低潮？被宣告不適合當社長，連小偷都跑來參一腳，在急速墜落且一波又一波的打擊接踵而來，面對這樣的狀況卻笑了出來⋯⋯

削減經費，努力重振業績

我在1992年9月進入IDG Japan，首要任務就是在解決一年超過3億8千萬日圓的赤字，要做到這個目標，必須快狠準的進行裁員，先關閉營收赤字的部門、裁撤該部門的員工。在第1年的時候，赤字降到1億5千萬日圓，第2年也維持差不多的數字。到了第3年，終於達到當初約定的黑字盈餘，卻突然接到美國總公司社長兼營運Jim Casella的電話，他告知我：

「You are no longer CEO of your company.」
（你已經不再是公司的CEO了。）

並且說⋯⋯⋯是總公司Management Committee（經營委員會）的

決定」，而我的新職位尚未決定，之後才會通知我。由於IDG具有員工能為上司評分的制度，這是我強行進行裁員而導致的惡果。

但我是被聘請來「重整公司的人」，消除赤字是很嚴苛的任務，包括經營群在內，若沒有忍痛犧牲一些員工，根本不可能達到目標。若是怕被討厭而不敢毅然裁員，那麼日本分公司本身也無法續存。

我在接到解任通知的前3個月，在email或電話當中都常跟Jim發生爭執。雖然常針對日本分公司的經營方針起衝突，但突然聽到被裁撤的消息還是大吃一驚。而且還說是經營委員會的決定，一個連續赤字達10年的公司好不容易剛要回復正常營運，而且明明契約還有1年……。

美日的商業觀念不同，如今想來仍覺驚奇

> The Japanese market is a bit different from the U.S. market.」
> （日本市場和美國市場有些不同。）

不管我說多少次，美國人就是不肯接受這個明確的事實，這就是在外商工作的悲哀。美國的成功案例不一定能通用到全世界，所以才必須做些調整和適應。

> 「I can't understand what you are talking about！」
> （我無法理解你的說法！）

這種時候只能這樣婉轉地表達我的憤怒。不管對方的身分高低，用這句話回應都還不算失禮。但是，我真實的心境是：

> 「What the hell you are talking about！」
> （你這傢伙到底在說什麼鬼話？）

總之，我無法接受且持續抵抗，為了向員工說明事情原由，召開了員工大會，並在會後將抗議信傳真給CEO兼董事長Patrick Joseph McGovern。結果，當晚Patrick打電話到我家來，開口第一句話就是：

> 「Are your guys trying to break my fax machine, Kozo？」
> （庚三，你的部下們打算弄壞我的傳真機嗎？）

15歲就自組電腦，後來被麻省理工學院挖角，人稱「資訊服務魔術師」的IT界大人物顯得有點慌張。

「這是董事會的決議，日本那邊由我親自來宣布，明天我會

從波士頓出發，抵達你那邊時是週六早上，但請所有員工在公司集合。」

我永遠忘不了那個召集全員集合的日子——1994年12月1日。

在那前一天，抵達成田機場的Patrick撥了電話給我，我到他下榻的帝國飯店與他餐敘，當時他說：

「我們並不是要開除你，只是要把你調動到新職位去，新職位是亞太地區的行銷副董事長（Vice President），覺得OK的話，就在這裡簽字。」

我第一次聽到那個單位存在，但他都帶著準備好的合約來了，我盯著上頭的「Option」項目不知該如何回答。那個項目是這樣寫的：

「任一方如於3個月前以書面告知，便可解除本合約。如爲公司方面行使此項條約時，要支付3個月份的薪資作爲退職金。」

眞是悲慘的一天，讓我忍不住笑出來

什麼嘛！這不就是變相的解雇通知嗎？因爲有2年資歷，因此退職金爲半年份的薪資，說多不多、說少不少，若眞的因爲犯錯而被開除，這條件倒是很不錯。但還準備了新職位讓你去繞一圈後再開除你，宛如遊街後再行刑。我不自覺的苦笑著抬起頭，只見Patrick滿臉笑盈盈的說「Congratulations！」

要開除人，還跟人道賀？在日本，隨意解雇派遣員工會成爲

一大社會問題。但在美國，只要不順經營團隊的意，不管是多麼重要職位的人都能開除，我對這種作風有過切身體認。

　　當我還是上班族的時候，日本還是以終身雇用制度為主，在認為解僱或換工作是種恥辱的業界中，只有索尼具有讓優秀員工出去外面磨練自己的公司文化。雖然如此，還是有很多人一進入到大企業，就抱持著穩定的心態。

　　然而，Patrick連這種無法立即決定的事情都要求我當場簽名，我內心低吟著「我要嘗試冒險到什麼程度呢？」我最後說：「我得回家跟老婆商量後才能回答」，然後沉穩的和Partick握手道別。

　　隔天一早起床後，從2樓臥室下到1樓，發現家裡一片狼藉、窗戶大開。我家遭小偷了！雖然遭竊金額僅數萬日圓，但是家裡被撬得一片糟，真是十分悽慘。呆望著這一切的妻子突然冒出一句英文：

> 「What a day！」
> （這是什麼日子啊！）

　　我和妻子對望著，笑到眼淚都流出來了。不但被開除竟然還遭小偷。

　　後來在演講時，我都會問聽眾「你們之中有沒有人在被公司開除當天，家裡遭小偷的啊？」作為開場白，很能吸引聽眾的注

意。人生就是這麼不可思議，壞事全都集中在那天了。

check!

■ 若要避免衝突就做不了事，然而正面衝撞的話會遭對方憎恨，這在美國也是一樣的。即便如此，我還是堅持自己的作風。

■ 不會永遠都是壞事的，被宣告開除後反而心情輕鬆，視野也開闊了。正向思考還是最重要的。

幸運
在不幸之後到來

雖然解決了沉痾已久的赤字問題，卻被開除——這個危機在員工一
致抗議下得以挽救。而我送給公司「歷史性的 Peanut」⋯⋯。

在糟透的一日後，反倒開朗了起來

在被開除的當晚，家裡遭小偷——這種經驗應該很少人有
吧？因為實在太荒唐而忍不住笑了出來，但也因此看開了。我很
喜歡披頭四的一首歌「A day in the Life」，就如同那首歌一樣，開頭
充滿悲傷氣氛，經歷高潮迭起的過程後，以管弦樂營造出一個超
乎想像的結尾。

順帶一提，在《滾石》雜誌於2010年所刊載披頭四「百首偉
大歌曲」當中，這首歌榮登第一名。這首歌是由約翰・藍儂與保
羅・麥卡尼共同創作，將各自所做的曲子組合成完美的交響樂，
當然也就更動人。

隔日，也就是12月1日，在週六早上9點整，Patrick Joseph
McGovern帶著口譯來到當時位於九段下地區的IDG Japan辦公室，他
對IDG Japan的員工說話時總是透過口譯，由此也可以看出他的備戰

姿態。

我當時不但事先被宣告解雇，家裡又遭小偷，真是——

> 「This is like being kicked when I'm already down.」
> （屋漏偏逢連夜雨。）

雖然如此，但心情反而很沉著

Patrick在80名員工前說明我的異動，但當他說出「Any question？」（有沒有問題？）之後，情況就變得難以控制。他幾乎被全體員工指責，一時之間也亂了陣腳。

有員工提出：「社長和我們攜手努力，將高達4億日圓的赤字降到數千萬日圓，也馬上看得到盈餘了！」，還有員工憤慨地說：「在裁員策略奏效的時期更換社長，根本毫無道理」。最後甚至有人這麼說：

> 「If you fire Kozo, I'll quit too.」
> （如果要開除庚三社長的話，我也辭職！）

演變至此，變得有些義氣相挺的感覺，對追求個人主義的美國人來說或許很難理解。雖說美國黑幫對老大也是絕對服從，但

那畢竟是「幫規」形成的支配與被支配關係，並沒有像日本古代俠客和從眾那種因「仁義」而集結的情形。

這件事造成大騷動，讓本來想說完話就走人的Patrick相當驚詫。原本的會議成了團體之間的交涉，時間長達6小時，因為IDG沒有可容納80個人的會議室，大家都坐在編輯部的桌上或地板上。Patrick屈服於民意，最後只好說：

「我知道了，我會採納各位的意見，今年還剩10個月，就依照合約，維持目前體制繼續做吧！」

也就是說，我得以續任社長。那一瞬間，全場歡聲雷動，甚至還有感動到哭出來的員工。聽到這些，我慌慌張張的跑出去，衝進自己的辦公室，關起門來默默流下男兒淚。平常溫和有禮的員工，竟然為了我而用一口不輪轉的英文來反駁Patrick。

就這樣，1994年12月1日成了我一生難忘的日子。

「Turn a misfortune into a blessing.」

英文說「化禍為福」，就是這樣的情形吧？然而，blessing指的是上天的恩惠、恩澤與祝福之意。美國人通常接下來的第二句話就是「God bless you」（願上天祝福你），是祝福時的慣用語。我不太求神，但這次在員工們的幫助之下，讓我也不禁感到這其中一定有上天的庇佑。

在離別時將借款 1 萬日圓充當離職金

隔天早上，即將返國的Patrick叫我到帝國飯店一起吃早餐，雖然已經收回成命，但在那樣一場騷動過後，相處上還是感覺有點不自在。雖然如此，再度握手告別時，因為錢包之前被小偷偷走了，我連繳停車費的錢都沒有。

所以我跟Patrick說：「可以借我一千日圓嗎？」，他很闊氣的說：「我沒有零錢，這拿去，不用還了。」他遞給我1萬日圓，我盯著1萬紙鈔上的福澤諭吉後說：

「I hope this is not a part of my severance package.」
（這應該不算是退職金的一部分吧？）

「No way！」
（怎麼會！）

我忘不了Patrick說這話時的神情，雖然他有讓人不喜歡的一面，但是卻也是讓人難以憎恨的一個人。據2013年《富比士》雜誌發表的「全美400名富豪排行榜」中，Patrick也是擁有5.1億美元資產的有錢人之一。很遺憾，因為之前心臟手術的結果不如預期，Patrick在2014年3月過世，享年76歲。

話說回去，在那場會議後過了10個月，做了1995年度的決算，盈餘只有1千8百萬日圓，但這是償還了3億8千萬日圓全部負債後的利潤。總公司的高層幹部們還半揶揄的說：

> 「You guys produced a historical peanut.」
> （你們創造了歷史性的少利潤。）

peanut在這裡的意思是「少少的金額」。另外，常聽到「work for peanuts」，也大多是有點負面的意思，但即便是這樣，我還是被稱讚了，因為在peanut之前加了historical，更增加這個peanut的分量。

Peanut還有「個頭比同齡孩子還要小」（a young child who is small for his age）的意思。家喻戶曉的漫畫作品「史努比」，作者查爾斯·舒茲也是由於這層含意而將作品命名為「The peanuts」。說起來，這可是包含我在內的臭皮匠們贏過那些大人物（a big shot）的重要時刻啊！

因為這樣，我進一步要求繼續擔任社長，結果再度獲聘兩年，得以持續擔任IDG Japan的社長。我真實的體驗到這個道理──

> 「Say what you should say. Do what you should do.」
> （說該說的話，做該做的事。）

check!

■ 受到員工情義相挺，我更加感受到身為大家長的重責大任。該好好珍惜
這些好部下。

■ 欠債還錢是天經地義，只要有盈餘，即使只是一點點錢也是勝利。然
而，現在商場已經失去了這樣的道義。

因直接了當的
說服而動搖

從 AOL 轉換到 Intuit 的過程，猶如小船飄搖在大海上一樣。雖然堅定原則就難免會與他人產生衝突，但一定也會有人伸出友善的手來回應你。

自己就像是找不到港口的小船

2000年11月我在紐約的AOL總公司，向負責國際業務的CEO，Michael Lynton表明辭意。起初有些震驚的Michael很快就理解了我的想法，談話從頭到尾都很平穩無波。

但是，因為只在短短幾天內就決定了自己的未來出路，在那之後所有的疲憊一起湧上來，當我回到住宿的君悅酒店，連鞋子都沒脫就倒在床上，自己低語著：

> 「I really screwed up.」
> （我真的輸慘了。）

「screw up」是美國人在失敗之後常用來道歉的片語。雖然不

管好事或壞事都可以用「I did it.」，但若是不好的事會說「I blew it.」，若是更糟糕的失敗就說「I screwed up.」或「I messed up.」。這兩句都是事態已經糟得一塌糊塗時帶有反省的用語。

這是一般俗語的表現方式，所以不適合用於政府官員或金融機構等正式道歉場合。然而在矽谷這些地方，倒是經常聽到有人這麼說。我還沒遇過有美國人會說像課本教的「I really apologize for making a mistake.」那種說法呢！

住宿在不知名的旅館都還能找上門的獵人頭公司

> 「I am sorry for screwing up again.」
> （對不起，我又搞砸了。）

當我在苦惱著該如何對妻子和AOL員工道歉時，飯店房間的電話響了。我這次連對妻子都沒說我住在這裡，因為就只是來回紐約和DC的短暫行程而已。我疑惑地拿起話筒，聽到高亢的女性聲音說：

> 「At last, I got you！」
> （終於找到你了！）

那個聲音的主人是在舊金山和矽谷一帶從事獵人頭業務的Joan Muroskie小姐。她說：

「我打電話到你東京家裡，他們說你在紐約或DC一帶，而你每次都會投宿在君悅飯店，所以我先打電話到DC的君悅，你沒住那裡。我就想到你現在應該在紐約，我還蠻聰明的吧？」

她說得又快又急。Joan大約在半年前，也就是2000年5月曾與我聯絡，目的是「Intuit日本分公司在找尋董事長人選」。她原先是擔任蘋果公司的人資副董事長，後來出來創業當獵人頭商。她看到《華爾街雜誌》頭條報導「Docomo可望成為AOL第一大股東」，立刻在該年9月打電話給我。但是，我只能請她另尋高人而拒絕了她。

但是，在她第一次告知我這件事的時候，我就立刻飛去了美國，同時也去矽谷Intuit總公司拜訪負責國際業務的副社長兼Intuit Japan社長Alan Glacier。之後我還和他見過好幾次面，對他或公司都有好印象，但是我不得不用以下的比喻來拒絕他的邀請。

「Now, the small boat named AOL Japan are getting hit a huge battleship named Docomo. How can the captain escape from the boat leaving crew？」

（現在AOL這艘小船撞上了Docomo這艘巨大的戰艦，身為船長的我怎麼能棄船員不顧而先逃呢？）

2014年4月韓國發生世越號船隻翻船的慘事，讓全世界譁然。不管大浪怎麼襲來，身為船長，也就是身為社長的我，若在正式對外發布新聞前就先逃跑，絕對會被判死刑，日本國內的IT公司會對這樣的人敬而遠之。

被賈伯斯盟友的一通電話驚醒

Alan似乎能接受我這樣的說法，但是回日本之後，接著又接到Intuit總公司社長William Campbell的電話。他在母校哥倫比亞大學擔任足球隊員，畢業後也擔任過一陣子的球隊教練，是被人暱稱為「教練」的了不起男人，他直接了當地說：

> 「Kozo, you made a big mistake in the cruise called life, so I'm calling you. Aren't you interested in our business？」
>
> （庚三，我之所以打電話給你，是要阻止你在人生這趟航程中鑄下大錯。你真的對我們的業務內容不感興趣嗎？）

他延續了我之前用大海及船隻的比喻，但他那豪邁爽快的說服方式，就如同一陣大浪朝腳邊打來，令我幾乎要站不住。若以戀愛打比方，這應該稱得上是相當熱情的求愛方式了吧。

當然，我對Intuit的工作很感興趣，但是對方很急，不願意多等幾個月，他明白地說：

> 「I understand your situation, but I think your game in AOL is over already.」
>
> （我了解你的心情，但我認為，你在AOL的比賽已經結束了。）

果然是美式足球員，將人生比喻成比賽。這也是理所當然的，我們又不是在玩電玩，而是真真實實的近身廝殺戰。然後他就逼著我在下場賽局要選擇Intuit為舞台。

Campbell離開美式足球界之後，就在全球第一的廣告商威智湯遜廣告公司（J. Walter Thompson）工作，之後在柯達公司發揮長才。曾任蘋果CEO的John Sculley在1983年就任時，延攬他到蘋果工作，後來雖然在1987年離職了，但是當1997年賈伯斯回到蘋果，又聘請他回去擔任董事，之後自1998年起擔任Intuit公司的首席執行長。大家都知道Campbell是賈伯斯的盟友，也是心靈導師，二人是互補互信的好友。

相對於賈伯斯那種天才型但過於細膩又無固定信念的觀念論者，他則是豪邁且有執行力的人，贏得大家的景仰。這樣一個人對你說：「我想邀請你成為Intuit Japan的經營者」，大概沒有人不會動搖吧！

吵架的時候也是這樣，美國人喜歡用這種直接了當的口頭交涉方式。但是，我還是無法就此離開AOL。

check!

■ 這是一間出動所有幹部都來歡迎你的公司，但是因為男人的信義而懸之未決。然而這是因為「It is an all bird that fouls its own nest」（鳥兒要乾淨瀟灑的離巢）。

■ 曾在運動場上實際征戰過的人來將人生比喻成運動比賽，更具說服力，因為，男性通常會打從心裡崇拜運動員。

獵人頭公司安排的魔鬼行程

就如同在電影中出現的場景一樣，我從美東飛到美西，受到盛大的歡迎，也得到新的職位。

即使進去後馬上被開除也想去體驗看看

時間再次來到告別的時刻，我在紐約的飯店中，平靜地坐下決定，要跟AOL說「So Long」（再見）。

當時很想找人一吐為快，我打了通電話給Joan Muroskie，把那天之後的事情全部一股腦的告訴她，結果她馬上說了「Congratulations！」。對她來說，把理想的人選送進理想的公司，是值得「慶賀」的事。我擔心的跟她說，公司的幹部幾乎全出動了，這會不會過度抬舉我了呢？

這時，Joan問我晚上是否有事，我這麼回答：

「我正想出去喝點酒讓腦袋轉換一下。」

她說：「我希望你忍耐一下，只能出去1個小時，我會再打電話給你」。當我沖了澡，懶懶地看著電視時，Joan又打來了電話，她的聲音聽來更加高亢。

「我幫你安排好了與Intuit總公司高層主管見面，現在開始你要照我說的做，準備好筆記了嗎？」

然後她就像以往一樣快速地說了以下內容：

「早上7點半到甘迺迪機場，搭乘8點半的聯合航空到舊金山。你在機場出口搭乘機場巴士到Intuit總公司。11點的時候，Intuit總公司創辦人Scott cook準備了三明治午餐，你們就邊午餐邊談話吧！然後，下午2點跟負責人事的副董事長談完話之後，跟Scott的祕書拿機票，再坐巴士到聖荷西機場搭乘飛往聖地牙哥的飛機，與副董事長Alan Glacier共進晚餐，就結束這一天的面試了。」

他們連在聖地牙哥的住宿及隔天我回國的班機都安排好了，還幫我取消了原本買好從紐約回日本的機票。我一邊快速地記著筆記，心裡一邊感嘆著「她處理事情的效率怎能這麼完美！簡直就像『007』電影裡的秘書一樣。」

和Scott共進晚餐時，董事長Campbell和CEO Steve Bennett也同行，我們不時聊起棒球的話題，餐會氣氛很愉悅。Steve在GE公司工作了23年，被Scott挖角來擔任Intuit的CEO，一直到2007年為止。

我被Scott那種毫不做作的人品給深深吸引。他身上穿著舊式的襯衫和西裝，腳上穿的是慢跑鞋，乍看之下真看不出是個企業經營者，會以為是某大學的教授。但這樣的人在1983年創立了Intuit公司，並且將小型企業用會計軟體「Quickbooks」賣給美國及加拿大超過400萬家公司用戶，把公司壯大成財務會計軟體企業。

我對Scott說出自己對行銷的概念。

> 「At Sony, I thought marketing was an art, but at Amex and AOL, I realized it was a science.」
>
> （在索尼工作時，我認為行銷是藝術，但在美國運通和AOL，我領悟到這是科學。）

感謝他們毫不保留的招待

Scott點頭，並且說明他如何將之前在P&G與大型顧問公司B&C的工作經驗，投注到Intuit公司的管理上。

Scott在P&G的行銷部門擔任過產品經理，在B&C擔任過金融業務，是經驗很豐富的企業人。他在念南加大的時候，進入即將要廢止的滑雪社團，以1年的時間重新整頓，後來成為了該校最大的學生社團。他說他從社團經營學到了經營組織時的動力學。他也是個很注重家庭的人，看到妻子為了繁瑣的記帳而嘆氣的模樣，因而想到要研發家計用的記帳軟體。

當話題慢慢聊開來，還提到了我們共同的知己——IDG的Patrick Joseph McGovern董事長。

> 「I was fired by him in 1994, but I received the chairman's award from him in 1997.」
>
> （我在1994年被他開除，但1997年我又從他手上領到董事長獎。）

Scott聽到這話立刻大爆笑，他回道：「You are such a tough guy, because you can still live while working with Pat.」（你跟Patrick一起工作過還能活著，你真是一個堅強的人）。我在Scott溫和笑容深處看到和Patrick、Campbell一樣的堅強意志，我不自覺想起推理小說家雷蒙‧錢德勒作品主角偵探菲利浦‧馬羅的台詞：

> 「If I wasn't hard, I wouldn't be alive. If I couldn't ever be gentle, I wouldn't deserve to be alive.」
> （如果不夠堅強就生存不下去。如果不夠溫柔就沒有生存的價值。）

在1978年由高倉健所主演的電影「野性的證明」中，這句台詞當成宣傳台詞，因而風行一時。但我發現，不管在日本或美國，現在已經很少有這樣的硬漢了。

當晚6點，我依Joan安排的行程到了聖地牙哥。半年不見的Alan Glacier帶我去一家「Rainwater」餐廳，那家餐廳提供純粹且美味的美式料理，但價錢不菲。當我邊吃著多汁美味的牛小排，邊向Alan說：「雖然我是來告訴你，我有打算辭去AOL工作，但是還沒有做最後決定」。

Alan說：「我知道，但是Scott說『Get him！』（抓住他）」，然後我問：「你有把之前給我看的那份合約帶來嗎？」，他說：「當然有」，從包包裡拿出合約，我仔細看過後問他：

> 「Anyway, Is this steak yours or mine？」
>
> （這頓牛排是你付？還是我付？）

Alan微微地笑了出來，並說：

> 「If you sign your name on this paper, of course I will pay. But, if you don't, then you pay.」
>
> （如果你簽名，我就付錢。但是，若你不簽，那就自己付錢囉！）

　　他說話時充滿幽默的威脅語氣，我立刻借了他的筆，在合約上簽了名之後交給他。我們站起來握手，Alan還興奮地擁抱了我。擁抱時摩擦到他臉頰上的鬍鬚，有點痛，而且周圍懷疑我們是同性戀的視線照射過來，也有點刺眼。

check!

■ 為了大筆利潤而稍微改變方式，這是商業成功的秘訣。

■ 堅強到了極點就會溫柔，溫柔到了極點就能堅強，不允許不上不下。

Would you please shut your big mouth?

我的人生中有許多次以不熟練的英文與人吵架的經驗，在我桌子下佈滿灰塵的那些從禿鷹基金得到的禮物，足以作為象徵。

If an incident does not occur,

Some encounters would not be made either.

Heroes armed with various weapon:

Ideas, Knowledge, Experiences and more....

Zealous in doing one's duty.

And the problems were vanquished.

Kept the promise of distribution of happiness.

And we wish LDH a peaceful sleep.

（如果不是發生了那個事件，

也不會有這麼多邂逅。

英雄會以許多武器武裝自己，

思考、知識、經驗……等等，

善盡自己應負的義務，

進而克服問題。

一如誓約，讓所有人得以均分幸福。

祝福活力門能有個好眠。）

這段文字被刻在壓克力紀念品上，是分食活力門的禿鷹基金為了紀念exit（投資回收）成功而做的，我忘了是何時做的，但是那時他們送給了我一個。

　　禿鷹基金們不管是對什麼企業，exit成功的話就會製作這樣一個像是「勝利象徵」般的紀念品，誇張地擺在辦公室裡做裝飾。在彌生的MBO案成功時，還有對活力門的exit成功時，Advantage Partners都做了紀念品。

　　我到現在都還好好保存著彌生的紀念品，只有這個寫著活力門字樣的紀念品不想拿來放辦公室，也不想丟，一直放在桌子底下蒙塵。

　　說來資本主義的遊戲規則就是這樣，活力門的股票超過一半都是在國外投資客手中，然後就被解體，血肉被啃食乾淨，就這樣死了。

　　現在再度讀到「祝福活力門能有個好眠」的文字，心中充滿了不甘，你們這些傢伙說這什麼話！但是，只要這是全體股東的意思就沒法抗拒。而且，禿鷹基金這種在全球尋找有點情況的物件，趁著混亂早一點投資，博取高額賭金的行為，雖然是高風險高回饋，但卻也是合法商業行為。

　　他們強悍得令人厭惡，執意要求幸福、也就是金錢的分配。有時還會從被委任業務者的職業及專業能力、社會地位來考量，以工作不夠盡心力為名義，企圖以公司法之業務過失「違反善盡管理義務的不合宜行為」故意想拉我下台。

我當然是極力抵抗，但是我不知道這麼樣細微且困難的語言要如何以英文表達，所以我忍不住就混雜了英文及日文大吼：

> This could be in violation of ZENKANCHUIGIMU.
>
> （「善管注意義務」的日文發音）

後來還在思考適合的單字時，對方也大方的說「Is that the duty of diligence of corporate governance？」。有時也會有這樣集中雙方腦力思考的平和時期。

即便在聯合Tokyo、Hong Kong、London、Boston、New York、San Francisco的深夜conference call（電話會議）中有時也會因為一句笑話而笑開來，讓人感受到和禿鷹基金之間似乎還有一絲友情。實際上，他們都具備律師或MBA的資格，是很優秀的Strategic Investor（戰略投資家），或許我們在不同場合認識的話，可以做個朋友也不一定。

但是，再三激動的相互怒吼，好幾次即使隔著電話也可以感覺到一觸即發的氣勢，那時我一定會這麼說：

> 「Would you please shut your big mouth？」
>
> （可以請你閉上你那張大嘴嗎？）

其實就在叫對方「閉嘴」。然而，真的吵起架來，還是會損傷到自己。

當時和我一起在深夜奮戰的活力門員工們，現在各自在國內外的IT業界或金融業界中表現活躍。在那段常常以笨拙英文吵架的日子裡，一定讓他們有所成長吧！

我之所以在過了60歲之後，人生還能有大幅成長，也是多虧了當時有在旁邊支持我的這些年輕人們，或許也有一點是託禿鷹基金的福吧！

Appendix

附錄
實用的
商務英語句型

Collection of
practical English phrases

建議 Proposal

☐ **May I make a suggestion?**
我可以提個建議嗎？

☐ **We propose that ～.**
我們想提案～。

☐ **Could I have a word ?**
我可以說句話嗎？

☐ **I'd like you to consider an alternative plan.**
我希望您能提出另一個替代方案。

☐ **Perhaps we can arrange another meeting to discuss this point.**
我們應該找個機會再談這件事。

☐ **Let's analyze the situation and get to the problem.**
我們來分析一下情況，找出問題點吧！

☐ **If you'd agree to..., we might offer ～.**
假設你同意 ... 的話，我們或許可以提供～。

☐ **What if I promised ～ ?**
如果說我答應～的話，如何？

主張　Argument

☐ **My preference is ～ .**
我的期望是～。

☐ **In my opinion ～ .**
我的看法是～。

☐ **But what matter more is ～ .**
但，更重要的是～。

☐ **...should take a back seat to ～ .**
... 應該沒有～那麼急。

☐ **What matters most is ～ .**
最重要的事是～。

☐ **Before we come to a conclusion, we have to consider ～ .**
在我們下結論前，必須考慮～。

☐ **Let's break off the talks.**
我們先在此打住吧！

☐ **It's clear that we're going nowhere with this.**
繼續下去並沒有意義。

☐ **This is what I see moving forward.**
我認為應該這樣進行。

☐ **Sales mean everything to us.**
對我們來說銷售是最重要的。

☐ **There is no obvious benefit.**
這樣並得不到利益。

附和 Agreement

☐ **I know how you feel.**
我了解你的心情。

☐ **I'm with you.**
我同意你。

☐ **That's right.**
沒錯。

☐ **That's half the battle, isn't it?**
已經成功在望了，不是嗎？

☐ **You're making a lot of sense.**
你說得很有道理。

☐ **That can't be.**
不可能。

☐ **That's a pain.**
這令人困擾。

☐ **That's a big headache.**
這樣很麻煩。

☐ **I don't think that's correct.**
我不認為這是事實。

☐ **I can't help it.**
這沒有辦法。

☐ **Are you serious?**
真的嗎？

☐ **Then what happened?**
然後呢？

反對意見　Disapprobation

☐ **I always thought.**
我認為～。

☐ **That's not it.**
這不對吧！

☐ **I agree with all but one of your opinions.**
你的意見我完全不贊同。

☐ **I can't go along with you on this matter.**
這件事我不能同意你。

☐ **I'm having a hard time agreeing with this.**
我無法贊同你。

☐ **That's a good point, but ～ .**
你說得很好，但～。

☐ **That's interesting, but ～ .**
這很有趣，但～。

☐ **I'm not sure I agree.**
我不認同。

☐ **But by the same token, ～ .**
反過來說～。

☐ **I think you're talking about a problem that can be seen from many different angles.**
我認為你說的事可以從其他很多角度來討論。

回應　Response

☐ **To answer your question, 〜 .**
我的回答是〜。

☐ **Sorry, but I can't answer your question.**
對不起，我無法回答。

☐ **I'll give it some thought.**
我會思考一下這個問題。

☐ **We are still in the process of deciding.**
我們會檢討看看。

☐ **I can't say yes or no.**
我無法說贊成或反對。

☐ **That probably won't work.**
這可能有點困難。

☐ **It's difficult to say at the moment.**
我現在很難立刻回覆你。

☐ **I want to think about it for a little while.**
總之我會思考看看。

☐ **I'll have to get back to you on this.**
有關這件事，我改天再回覆你。

☐ **Hold on, what do you mean?**
等一下，你的意思是？

☐ **What can you offer?**
你有什麼建議嗎？

☐ **That'd depend on various factors.**
這得看狀況。

☐ **How does that sound to you?**
你認為如何？

☐ **What do you think about what I've just said?**
我剛剛說的，你認為如何呢？

☐ **Just a minute. That's not what we meant.**
稍等一下，我們並不是那個意思。

☐ **I'm afraid I'd have to ask someone at the Tokyo office.**
我必須問過東京辦公室。

拒絕　Rejection

☐ **I'm sorry, but I can't agree.**
很抱歉，我不能同意。

☐ **Thank you, but not for me.**
謝謝你，但是，我必須拒絕。

☐ **Thanks, but no thanks.**
謝謝你，但不用了。

☐ **I'm having a hard time agreeing with this.**
我很難贊同你。

☐ **I'm afraid we can't accept that.**
很抱歉，我們無法接受。

☐ **I'm afraid that'd be rather difficult.**
恐怕這有點困難。

☐ **I'm afraid this puts us in a difficult position.**
恐怕這樣會讓我們的立場更加困難。

☐ **I'm afraid that we wouldn't be able to agree to those terms.**
很抱歉，這些條件我們無法讓步。

☐ **Unfortunately, we can't wait that long.**
很可惜，我們無法等這麼久。

☐ **I'm sorry. It seems we are unable to come to an agreement.**
很抱歉，看來我們沒有共識。

☐ **I can't say that I'm happy with your suggestion.**
這個提案不能讓我方滿意。

☐ **I'm sorry, I don't have the figures at hand.**
很抱歉，我手邊並沒有數據。

☐ **I'm not at liberty to disclose that information at hand.**
我沒有了解該資訊的權限。

確認 Confirmation

☐ **Would you please say again?**
麻煩你再說一次。

☐ **Would you please explain ～ further.**
請再詳細說明～。

☐ **Do you have any ideas?**
你有什麼想法？

☐ **Do you understand what I am trying to say?**
你能了解我所說的嗎？

☐ **Am I right in thinking that ～ ?**
我對～的理解是對的嗎？

☐ **So, what you mean is that ～ .**
也就是說，～是這樣吧！

☐ **When you say..., does that include ～ ?**
你說 ... 時，是包括～的意思嗎？

☐ **When you say..., do you mean ～ ?**
你說 ... 時，是指～的意思嗎？

☐ **What emphasis do you place on ～ ?**
關於～有多重要？

☐ **I don't think we're talking about the same thing.**
我不認為我們在談同一件事。

☐ **The main obstacle to progress is ～ .**
事情之所以無法進展，最大原因在於～。

☐ **The only thing left is that ～ .**
唯一剩下的問題點是～。

☐ **We're three days behind schedule.**
比原定時程慢了 3 天。

☐ **When can we expect a decision to be announced?**
何時可以做出決定呢？

☐ **Please give us your opinion ～ ?**
關於～，可否告訴我們你的意見？

☐ **Would you care to repeat that?**
可以再重覆一次嗎？

☐ **Couldn't you find some way to fix it?**
你可以想些辦法嗎？

☐ **Would you mind giving me an example?**
可以舉出一些具體的例子嗎？

☐ **Can you give me an idea of ～ ?**
你可以說明～是怎樣的情形嗎？

☐ **Could you tell me how you plan to ～ ?**
你可以告訴我你打算怎麼做～嗎？

☐ **Could you help me understand why you feel that way?**
你可以說明為何你會這麼想嗎？

☐ **Could you bear with me a moment?**
可以再稍微等一等嗎？

☐ **Could you please give me a moment to 〜 ?**
〜的期間，可以等一等嗎？

☐ **May I ask what your basis of 〜 is?**
關於〜，可以請問你的根據是什麼嗎？

☐ **Could you tell me where this 〜 comes from?**
你可以告訴我為什麼〜會變成這樣嗎？

☐ **Just let me check that 〜 .**
我想確認〜。

☐ **So let me get this straight.**
讓我搞清楚這件事。

☐ **Could you give it to us on a free three-month trial?**
請讓我們免費試用三個月。

同意 Approval

☐ **That will be fine.**
這樣就可以了。

☐ **I couldn't agree with you more.**
我十分贊同你。

☐ **Let me reassure you on that point.**
我可以再度保證這一點。

☐ **You're making a lot of sense.**
原來如此，的確就是這樣。

☐ **We can be flexible about ～ .**
有關～，我們可以考慮讓步。

☐ **It may not be easy, but we can try. Let us think about it.**
雖然不容易，但是可以嘗試看看。請讓我們思考一下。

☐ **If you agree to ～ , I think we have an agreement.**
如果你同意～，我們便可以達成共識。

☐ **If you're prepared to ～ , I think we have a deal.**
如果你願意～的話，事情就好辦了。

☐ **If you order..., we'll give ～ .**
如果你下訂單的話，我們會～。

☐ **If you ～ , we'll sign the contract.**
如果你～的話，我們可以簽合約。

☐ **We'll draw up a draft agreement.**
我們會準備合約。

開場白 Preface

☐ **Roughly,**
大致來說，

☐ **Approximately,**
大概的情況，

☐ **Naturally,**
這是當然的，

☐ **Typically,**
一般來說，

☐ **Surprisingly,**
意外的，

☐ **Frankly,**
老實說，

☐ **Not surprisingly,**
雖然不意外，但……

☐ **Well, let's get started.**
那麼就開始吧！

☐ **Shall we get down to business**
立刻切入正題。

- [ ] **Let's get to the heart of the matter.**
  我們進入問題的核心吧！

- [ ] **Now, let's focus on ～ .**
  那麼，讓我們聚焦於～。

- [ ] **Oh, by the way ～ .**
  順帶一提，

- [ ] **Actually,**
  實際上，

鼓勵 Encouragement

- [ ] **Don't worry. That's water under the bridge.**
  不要在意，都過去了。

- [ ] **It's no big deal. Everyone makes mistake.**
  這沒什麼大不了的，每個人都會犯錯。

感謝 Gratitude

- [ ] **It's been a pleasure doing business with you.**
  感謝你願意跟我們談。

☐ **I look forward to seeing you again soon.**
之後請多多指教。

☐ **So, it only remains for me to thank you for coming over.**
最後，感謝你特地來一趟。

☐ **If you could consider this, I would really appreciate it.**
如果你願意再思考看看的話，我們會非常感謝。

　　自從安倍首相提倡日本須跟上國際標準以來，產業界掀起空前的英文會話熱潮。國際化的浪潮從大企業傳到了中小企業，於是中小企業目前都致力於確保具備英文能力的員工人數及英文教育。

　　樂天、SoftBank、UNIQLO等大企業努力將英文導入所有的作業流程，並促成國際化經營，因此希望所有員工都能以英文溝通，使用了莫大的資源在推行公司內部的英文化。

　　但是，我想告訴那些成天在公司裡叫大家說英文的經營者及企業人——會說英文並不代表就是國際化人才，有很多英文十分流暢的人並不會做事。

　　所謂的國際化人才，是在自己的商業領域中擁有全球化的視野，即使只會說隻字片語的英文，但是會把英文當成「商業道具」而做出工作成果。英文畢竟只是工具，只要懂得如何使用這個工具來達到目的就可以了。

　　我認為，只要有英檢2、3級或TOEIC成績500～600分的程度，再懂得用英文說出業界用語，就足夠通行世界了。能夠通過英檢2、3級，大概就是比高中生再厲害一點的程度，再加上工作時常用的

日式口語英文，像是branding strategy（品牌策略）、presentation contents（簡報內容）、product development（產品開發）、strategy negotiation（談判策略），就可以大大方方地與國外人士交涉談判。

最終目的是希望能夠得到國外顧客的訂單，並不是要讓對方覺得你英文說得很棒。即使是英檢3級的程度，只要在實戰中好好磨練，馬上就可以爬升到2級、1級的程度。就算TOEIC只拿到600分，但工作能力不好，就算讓你考到900分，工作也不可能因為這樣就會變順利。

身處國外，能夠24小時都沉浸在英語環境中，的確是學習英文最快的捷徑。但是，不是每個人都能跟公司請1年的假去國外留學。那麼，若不出國，要如何學到實用的商業英文呢？每天去英文補習班雖然是個捷徑，但這樣每個月大約得要花50萬日圓以上的費用。

不要E-learning，也不要單向的web講座，每天用少少的費用直接跟外國老師學習活用英文，我認為一定有這樣的商業需求，所以我創立了線上英文會話服務。2013年我拜訪了30家以上的公司及人資主管，聽取各家公司的英文需求及問題點。

結果，現今公司所面對的問題是：①會英文的人才不夠、②無法錄取、③英文研習後沒有具體成果、④費用太高。

關於①及②，對我來說是out of control（無法控制），但是③、④就是很大的商機了。但是，一定也有其他頭腦好的人想到同樣點子，日本國內線上英文會話市場已有很多業者參與，都開始打

價格戰了。

　　有的業者所提供的服務是：聘僱會說英文的菲律賓女大學生、護士及家庭主婦，在他們自家與日本學生以Skype連結交談，提供平價且實用的英文會話。但是，我認為這種方式並不適用於商業英文的特訓。

　　我思考著如何建立一個既能加強商業英語能力且不捲入價格競爭的商業模式，於是與老朋友David Ko商討。David是韓裔加拿大人，曾在溫哥華經營終生教育機構。

　　因此，David和我就成立了專為特訓商業英文會話的BtoB Online英文會話服務，訂定了與其他公司有明確差異的戰略，於2014年設立了Global InstaBiz，並開始提供服務。

　　為了不捲入市場亂鬥之中，必須大大提供授課品質，給老師的授課費用也要比同行稍高，以高品質的服務來達到差異化。首先，犧牲一點行政效率，大膽採用高成本而其他公司所做不到的導師制。將同一名教師在每天同一時間分配給同一名學生，讓老師與學生進行one to one的教學。因為這樣，我們積極的在馬尼拉採用具有英文教師資格TESOL的老師。

　　更進一步，我們研發了6個能立刻應用於工作上的課程，區分初級、中級、高級，以3個月內學會為標準。課程內容如下：

Meeting：

自己以英文準備meeting，以自己慣用的英文用語為主。

Negotiation：

塑造出屬於自己風格的英語交涉術，並實際參與商業交涉。

Presentation：

學習有效的簡報技巧。

Global Team：

學習在國際化企業中生存所需要的英語技巧。

Business Trip：

因應突然被派去國外出差或派駐海外所須的英語技巧。

Hospitality：

學習接待國外來賓的實務英文及禮節。

有很多用戶都表示，像這樣將目標具體化就更能迅速明確的學習，可以自由選擇課程，每天花20分鐘與老師進行一對一的學習，任何人都能夠收到成效。在SoftBank、電通、野村證券等公司，都已經看到很大的成效了。

Global InstaBiz的目的，不是培育出會說一口看似流利卻沒內容的英文會話的人才，而是培養出在外籍上司及客戶面前可以毫不遲疑地用自己的Vocabulary說話的商業人才。

以橫綱白鵬（出身於蒙古的著名相撲選手）為例，雖是外國人，卻能說一口漂亮的日文，我們就可以知道，每天練習及實戰是何等重要。希望大家無時無刻都可以大大方方地用自己的英文來迎戰每一天。如果做不到的話，也就沒有吵架的必要了。

Enjoy your challenge！

愛生活 004

你會用英文吵架嗎？

外商經理人教你最強英語溝通法與職場生存術

作　　　者——平松庚三
譯　　　者——曾心怡
內頁設計——黃庭祥
封面設計——李思瑤
主　　　編——林憶純
責任編輯——林謹瓊
行銷企劃——王聖惠
董 事 長
　　　　　　——趙政岷
總 經 理
第五編輯部總監——梁芳春
出 版 者——時報文化出版企業股份有限公司
　　　　　　10803台北市和平西路三段240號七樓
　　　　　　發行專線／（02）2306-6842
　　　　　　讀者服務專線／0800-231-705、（02）2304-7103
　　　　　　讀者服務傳真／（02）2304-6858
　　　　　　郵撥／1934-4724時報文化出版公司
　　　　　　信箱／台北郵政79～99信箱
時報悅讀網——www.readingtimes.com.tw
電子郵件信箱——ctliving@readingtimes.com.tw
法律顧問——理律法律事務所　陳長文律師、李念祖律師
印　　　刷——盈昌印刷股份有限公司
初版一刷——2015年12月
定　　　價——新台幣280元

國家圖書館出版品預行編目資料

你會用英文吵架嗎? / 平松庚三著；曾心怡譯. -- 初版. -- 臺北市：
時報文化, 2015.12　面；　公分
ISBN 978-957-13-6478-0(平裝)

1.英語 2.職場 3.讀本

805.18　　　　　　　　　　　　　　104025157

KIMI WA EIGO DE KENKA GA DEKIRU KA?
PRO KEIEISHA GA OSHIERU GUTS TO KATAKANA EIGO NO SHIGOTO JUTSU
©KOZO HIRAMATSU 2015
Originally published in Japan in 2015 by CROSSMEDIA PUBLISHING CO., LTD.
Chinese translation rights arranged through TOHAN CORPORATION, TOKYO.
And Future View Technology Ltd.